Publicado originalmente em 1956

AGATHA CHRISTIE

A EXTRAVAGÂNCIA DO MORTO

· TRADUÇÃO DE ·
Ulisses Teixeira

Rio de Janeiro, 2025

Copyright © 1956 por Agatha Christie Limited. Todos os direitos reservados.
Copyright da tradução © 2025 por Casa dos Livros Editora LTDA. Todos os direitos reservados.
Título original: *Dead Man's Folly*

AGATHA CHRISTIE, POIROT and the AC Monogram Logo are registered trademarks of Agatha Christie Limited in the UK and elsewhere. All rights reserved. Descubra mais em https://www.agathachristie.com/

Todos os direitos desta publicação são reservados à Casa dos Livros Editora LTDA. Nenhuma parte desta obra pode ser apropriada e estocada em sistema de banco de dados ou processo similar, em qualquer forma ou meio, seja eletrônico, de fotocópia, gravação etc., sem a permissão dos detentores do copyright.

Copidesque	Luíza de Carvalho
Revisão	Suelen Lopes e Thaís Carvas
Design gráfico de capa e miolo	Túlio Cerquize
Tratamento de imagem	Lucas Blat
Imagem de capa	© shippee / Shutterstock
Diagramação	Abreu's System

Dados Internacionais de Catalogação na Publicação (CIP)
(Câmara Brasileira do Livro, SP, Brasil)

Christie, Agatha, 1890-1976
  A extravagância do morto / Agatha Christie ; tradução Ulisses Teixeira. – Rio de Janeiro: HarperCollins Brasil, 2025.

  Título original: Dead man's folly
  ISBN 978-65-5511-670-0

  1. Ficção inglesa I. Título.

24-238615   CDD-823

Índice para catálogo sistemático:
1. Ficção : Literatura inglesa   823
Bibliotecária responsável: Eliane de Freitas Leite – CRB 8/8415

HarperCollins Brasil é uma marca licenciada à Casa dos Livros Editora Ltda. Todos os direitos reservados à Casa dos Livros Editora LTDA.

Rua da Quitanda, 86, sala 601A - Centro
Rio de Janeiro/RJ - CEP 20091-005
Tel.: (21) 3175-1030
www.harpercollins.com.br

Para Peggy e Humphrey Trevelyan

Introdução

Algo excepcional para Agatha Christie, *A extravagância do morto* foi escrito em um local específico: a Casa Greenway, às margens do rio Dart, em South Devon. Nima (como eu chamava minha avó) passava seus verões na propriedade desde que a comprou, em 1938, um hábito que se seguiu até sua morte, em 1976. E parece apropriado celebrar esse fato em 2014, com a reimpressão de *A extravagância do morto*, já que faz quinze anos que Greenway foi aberta ao público após ser adquirida pelo Fundo Nacional para Locais de Interesse Histórico ou Beleza Natural.

Porém, no ano passado, algo ainda mais monumental aconteceu na propriedade. A série da ITV *Agatha Christie's Poirot*, estrelada por David Suchet, teve seu último episódio gravado lá, *Dead Man's Folly* [A extravagância do morto, em tradução livre], e assim uma série que teve início em 1989 com *The Adventure of the Clapham Cook* [A aventura da cozinheira de Clapham, em tradução livre] se encerrou em pura glória na própria Greenway. Nem Nima nem minha falecida mãe Rosalind, que esteve envolvida na produção inicial do seriado, poderiam ter desejado cenário melhor. Era como se Hercule Poirot tivesse voltado para casa.

Por sorte, fomos abençoados com um maravilhoso clima de verão, e o último dia de gravação em frente à casa — uma cena que, em si, não era muito significativa do ponto de vista dramático — foi, ainda assim, comovente por trazer David

Suchet completamente caracterizado como Poirot, subindo de forma delicada os degraus de Greenway de sua maneira inimitável e batendo à porta. Após três repetições da mesma ação, ouvimos aquelas palavras consagradas pela tradição — "*it's a wrap*", indicando que a filmagem havia terminado — e não havia um único olho sem lágrimas na casa, ou melhor, no jardim, onde uma multidão fora celebrar o fim de uma das séries de TV mais amadas do mundo e um dos personagens literários mais adorados, Hercule Poirot. Se alguém tivesse contado a Nima (que, infelizmente, não conheceu David Suchet) que um seriado dessa magnitude e popularidade seria produzido continuamente por 25 anos, tenho certeza de que ela não teria acreditado.

Minha afeição particular por *A extravagância do morto* vem de muito antes da gravação da série de TV. O livro foi publicado em 1956, quando eu tinha 13 anos, coincidindo com a época em que comecei a gostar de ler os livros de Nima e quando eu era um estudante que passava as férias de verão em Greenway com minha família, incluindo, é claro, minha avó. Não posso dizer que me lembro de uma quermesse no jardim, mas decerto me lembro de eventos menores ocorrendo lá, já que Greenway recebia uma seleção crescente de amigos da literatura e do teatro (esse foi o apogeu da carreira de Nima como dramaturga do West End), além de diversas amizades de meu avô postiço Max Mallowan do mundo da arqueologia. Nima nunca baseou totalmente seus personagens em pessoas do mundo real, mas eu estaria mentindo se não admitisse reconhecer partes de Sir George, Lady Stubbs e particularmente Mrs. Folliatt em pessoas que ela conhecia. Também não fiquei surpreso quando descobri que *A extravagância do morto* envolvia turistas. Estávamos bastante familiarizados com mochileiros esporádicos devido a um albergue próximo, chamado Maypool.

Mas acho que *A extravagância do morto* evoca duas memórias em particular de minha infância que considero bastante emocionantes: uma de uma pessoa, outra de um lugar. A pessoa é Ariadne Oliver, que, embora mais espalhafatosa do que Nima jamais foi, tinha algo de seu entusiasmo, de seu amor por maçãs e de sua curiosidade de escritora que me fazia lembrar da própria Nima. Ela aparece em sete romances, seis deles com Poirot, e Zoë Wanamaker a interpreta de forma excepcional. O lugar é a garagem náutica, onde a pobre vítima é encontrada morta. Nima e eu íamos à garagem náutica de Greenway à tarde para ver os barcos de passeio velejando (o *Kiloran*, o *Pride of Paignton*, o *Brixham Belle* e aqueles maravilhosos navios a vapor com rodas de pá, um dos quais, fico feliz em dizer, ainda funciona). Os guias turísticos dessas embarcações sempre se referiam a Greenway, em geral de forma incorreta, como a casa de Agatha Christie (e não como, rigorosamente falando, sua casa de veraneio), e, embora pudéssemos ouvir suas vozes enquanto navegavam, não me lembro de a terem reconhecido enquanto ela estava discretamente sentada na garagem náutica com o neto!

Conforme releio o livro agora, pareço me lembrar de lê-lo originalmente na época da publicação — adolescente, compreendendo, talvez pela primeira vez, um pouco mais sobre a construção de uma história de detetive relacionada a pessoas e lugares reais, porque estava familiarizado com ambos neste livro. Essa autenticidade, é uma das razões pelas quais os escritos de Nima ainda parecem tão verdadeiros e convincentes. No passado, as obras baseadas em arqueologia e no Oriente Médio eram pura ficção para mim, embora Nima tenha usado exatamente as mesmas técnicas, utilizando características de pessoas e lugares reais e adicionando uma dimensão fictícia, como fez em *A extravagância do morto*. Espero algum dia poder visitar Ninrude, as pirâmides do Egito ou outros locais que a inspiraram, para vê-los da forma que ela os viu. Visitei recentemente um local específico em Tenerife, nas Ilhas Canárias, que serviu de inspiração para o cenário de uma história de Harley Quin chamada "O homem que veio do mar" (no livro *O misterioso Mr. Quin*) — é um conto brilhante que fica ainda melhor após uma visita ao lugar.

Outra reminiscência de família em relação ao livro *A extravagância do morto* diz respeito às suas origens literárias. A obra é uma versão mais longa e expandida de um conto chamado "The Greenshore Folly" [A extravagância de Greenshore, em tradução livre]. Originalmente, Nima ofereceu os direitos do conto para a Diocese de Exeter, para ajudar a pagar pelos vitrais da igreja que ela frequentava em Churston, perto de Greenway. Infelizmente, o agente dela não conseguiu vender o texto para as revistas que costumavam publicá-los, porque era mais longo do que seus outros contos, e a Diocese ficou impaciente, pois, àquela altura, já tinha se comprometido a comprar os vitrais! No fim, Nima escreveu uma história mais curta para a Diocese, intitulada "A extravagância de Greenshaw" (protagonizada por Miss Marple, não Poirot), e decidiu desenvolver o outro conto e publicá-lo como um livro completo, *A extravagância do morto*. Assim, no final, todos conseguiram o que queriam, e, se você for a Greenway, faça também uma visita à igreja de Churston, pois os vitrais são magníficos. (E, se estiver interessado na versão original e mais curta de 1954, *Hercule Poirot and the Greenshore Folly* [Hercule Poirot e a extravagância de Greenshore, em tradução livre] também será publicado em 2014 para marcar suas bodas de diamante.)

Como provavelmente já sabe, minha família doou Greenway para o Fundo Nacional em 1999, e a casa fica aberta ao público na maior parte do ano. Todos podem visitar a garagem náutica onde o assassinato ocorreu, ou relaxar em uma cadeira perto de onde Hattie Stubbs se sentou e ser educados com os mochileiros que agora têm permissão para entrar na propriedade! Você também poderá descobrir que a loja do Fundo Nacional tem a melhor coleção de livros de Agatha Christie no oeste da Inglaterra. Embora *A extravagância do morto* seja exceção por ter sido baseado tão fortemente em um lugar verdadeiro, não é a única obra de Agatha Christie com ecos de Greenway. Se gostar deste livro, com certeza deve ler também *Os cinco porquinhos*, com um assassinato ocorrido no pátio de armas da propriedade!

Por fim, uma das palavras que com frequência escolho para descrever os livros e filmes de Agatha Christie é "acolhedor", e realmente acho que Robyn Brown e Gary Calland, os dois administradores gerais que o Fundo emprega desde 1999, e todas as suas equipes, se superaram para tornar Greenway tão acolhedora quanto Nima a tornou quando eu era jovem. Espero que, após ler *A extravagância do morto* e talvez assistir à série com David Suchet, você possa visitar a locação original. Quantas coisas maravilhosas o aguardam lá!

Mathew Prichard à edição de 2014

Capítulo 1

I

Foi Miss Lemon, a eficiente secretária de Poirot, quem atendeu o telefone.

Deixando de lado seu bloco de notas, ela pegou o fone e disse, sem enfatizar qualquer palavra:

— Trafalgar 8137.

Hercule Poirot se inclinou na poltrona de espaldar reto e fechou os olhos. Tamborilou um ritmo suave e contemplativo na borda da mesa. Em sua cabeça, continuou a compor as refinadas sentenças da carta que estava ditando.

Colocando a mão sobre o bocal do telefone, Miss Lemon perguntou em voz baixa:

— O senhor aceita uma ligação pessoal de Nassecombe, Devon?

Poirot franziu a testa. O lugar não tinha significado algum para ele.

— Da parte de quem? — perguntou, cauteloso.

Miss Lemon voltou a falar no bocal.

— *Ariacne?* — questionou ela. — Ah, sim... E qual é mesmo o sobrenome?

Mais uma vez, a secretária se voltou para Hercule Poirot.

— Mrs. Ariadne Oliver.

Hercule Poirot ergueu as sobrancelhas. Uma memória surgiu em sua mente: cabelo grisalho bagunçado pelo vento... perfil aquilino...

Ele se levantou e substituiu Miss Lemon ao telefone.

— Hercule Poirot — anunciou, eloquente.

— É o próprio Mr. *Hercules Porrot* quem está falando? — indagou a telefonista, com suspeita.

Poirot lhe assegurou que sim.

— A senhora está na linha com Mr. *Porrot* — disse a voz.

O sotaque esganiçado foi substituído por uma voz de contralto magnífica e estrondosa que fez Poirot afastar o fone alguns centímetros da orelha.

— Monsieur Poirot, é o senhor *mesmo*? — perguntou Mrs. Oliver.

— Em pessoa, madame.

— Aqui é Mrs. Oliver. Não sei se o senhor se lembra de mim...

— Mas é claro que me lembro, madame. Como poderia esquecê-la?

— Bom, as pessoas às vezes esquecem — respondeu ela. — Isso acontece com frequência, na verdade. Creio não ter uma personalidade tão característica. Ou talvez seja porque estou sempre mudando meu penteado. Mas nada disso importa. Espero não estar incomodando-o em um momento terrivelmente atribulado.

— Não, não, a senhora não me incomoda nem um pouco.

— Que bom. Não quero importuná-lo além da conta. O fato é que *preciso* de você.

— Precisa de mim?

— Sim, agora mesmo. Pode pegar um avião?

— Não viajo de avião. Fico enjoado.

— Eu também. Enfim, não acho que seria mais rápido do que o trem, na verdade, porque, se não estou enganada, o único aeroporto perto daqui é o de Exeter, que fica a milhas de distância. Então, venha de trem. No de meio-dia, de Paddington a Nassecombe. Ainda há tempo suficiente para pegá-lo. O senhor tem 45 minutos, se meu relógio estiver correto... mas, em geral, não está.

— Onde a senhora está, madame? Sobre *o que* é tudo isso?

— Na Casa Nasse, em Nassecombe. Um carro ou táxi vai lhe encontrar na estação do vilarejo.

— Mas por que precisa de mim? Sobre *o que* é tudo isso? — repetiu Poirot, desesperado.

— Os telefones são instalados em lugares tão estranhos — comentou Mrs. Oliver. — Este aqui fica no vestíbulo de entrada... com pessoas passando e conversando... não consigo ouvi-lo. Mas estou esperando o senhor. Todo mundo ficará *tão* animado. Adeus.

Poirot ouviu um clique agudo quando o telefone foi colocado de volta ao lugar. A linha zumbiu.

Com um ar confuso e espantado, Poirot desligou o telefone e murmurou algo. Miss Lemon continuava sentada com o lápis preparado, indiferente. Ela repetiu em voz baixa a última frase ditada antes de terem sido interrompidos.

— "...permita-me assegurá-lo, meu caro senhor, de que a hipótese proposta..."

Com um gesto, Poirot dispensou a hipótese proposta.

— Era Mrs. Oliver — disse ele. — Ariadne Oliver, a escritora de histórias de detetive. Talvez a senhorita tenha lido... — Ele se interrompeu, lembrando-se de que Miss Lemon lia apenas livros de aperfeiçoamento pessoal e encarava frivolidades como crimes fictícios com desprezo. — Ela quer que eu vá para Devonshire hoje, em exatos — Poirot consultou o relógio — 35 minutos.

Miss Lemon ergueu as sobrancelhas em reprovação.

— Deveras em cima da hora — comentou ela. — Por qual razão?

— É uma excelente pergunta! Ela não me contou.

— Que peculiar. Por que não?

— Porque — respondeu Hercule Poirot, pensativo — estava com medo de que alguém a entreouvisse. Sim, isso ficou bem claro.

— Ora — disse Miss Lemon, indo em defesa do patrão. — As pessoas esperam cada coisa! Que capricho imaginar que o senhor perderia tempo com isso! Um homem tão importante quanto o senhor. Sempre achei esses artistas e escritores um tanto desequilibrados... fazem tempestade em copo d'água. Devo mandar um telegrama, dizendo: "Sinto muito impossível deixar Londres?".

A mão dela já se encaminhava para o telefone. A voz de Poirot deteve o gesto.

— *Du tout!* — falou ele. — Pelo contrário. Faça a gentileza de chamar um táxi neste instante. — Poirot ergueu a voz. — Georges! Coloque alguns de meus pertences na valise pequena. E rápido, muito rápido, pois tenho um trem a pegar.

II

O trem, tendo percorrido aproximadamente 180 milhas de seu percurso de quase 212 em velocidade máxima, soprou fumaça de forma suave e rítmica pelas últimas trinta, e entrou na estação de Nassecombe. Apenas uma pessoa desembarcou: Hercule Poirot. Ele observou, com cuidado, o vão enorme entre os degraus e a plataforma e olhou ao redor. No último vagão, um carregador estava ocupado no bagageiro. Poirot pegou sua valise e deu a volta na plataforma em direção à saída. Entregou a passagem e saiu pela bilheteria.

Um Humber grande estava parado do lado de fora, e um chofer de uniforme foi até o detetive.

— Mr. Hercule Poirot? — perguntou, respeitosamente.

Ele pegou a mala da mão de Poirot e abriu a porta do carro. O veículo se afastou da estação pela ponte de ferro e entrou em uma estradinha de terra com sebes altas de ambos os lados. Logo o terreno à direita se abriu e revelou uma vista com um lindo rio e montanhas de um azul brumoso à distância. O chofer parou ao lado de uma sebe.

— O rio Helm, senhor — informou ele. — Com Dartmoor ao fundo.

Estava claro que a admiração era necessária. Poirot fez os sons obrigatórios, murmurando *"magnifique!"* diversas vezes. Na verdade, a natureza pouco o atraía. Uma pequena horta bem cultivada e organizada perto de uma cozinha tinha chances bem maiores de receber um murmúrio de admiração dos lábios de Poirot. Duas garotas passaram pelo carro, subindo, devagar e com dificuldade, a montanha. Elas carregavam mochilas pesadas nas costas, estavam de short e usavam lenços de cores chamativas amarrados na cabeça.

— Há um albergue ao lado da casa, senhor — explicou o chofer, que claramente havia assumido o cargo de guia de Devon. — Parque Hoodown. Era de Mr. Fletcher. A Associação de Albergues da Juventude comprou a propriedade, que fica lotada durante o verão. Abrigam mais de cem por noite. Mas os hóspedes não podem ficar por mais do que algumas noites... aí são obrigados a sair. Homens e mulheres, na maioria, estrangeiros.

Poirot assentiu, distraído. Refletia, não pela primeira vez, sobre como short, visto por trás, era elegante apenas para pouquíssimas representantes do sexo feminino. Fechou os olhos, sofrendo. Por quê, ó, por que as moças precisavam se vestir daquela maneira? Aquelas coxas escarlate eram desagradáveis!

— Elas parecem estar carregando mochilas pesadas — murmurou ele.

— Sim, senhor, e é uma longa caminhada da estação ou da rodoviária. Mais de duas milhas até o Parque Hoodown. — Ele hesitou. — Se não tiver objeções, poderíamos dar uma carona a elas?

— Por favor, por favor — respondeu Poirot, concordando.

Lá estava ele, em um luxuoso carro quase vazio, e lá estavam duas moças ofegantes e suadas, carregando mochilas pesadas e sem ter a mínima ideia de como se vestir para parecerem atraentes ao sexo oposto. O chofer deu partida e parou devagar, com o motor ronronando, ao lado das mulheres. Dois rostos vermelhos e suados se ergueram, cheios de esperança.

Poirot abriu a porta e as moças entraram.

— É gentileza demais, por favor — disse uma delas, uma garota bonita com sotaque estrangeiro. — É caminho mais longo do que pensava, sim.

A outra moça, que tinha uma queimadura de sol e um rosto corado, com cachos cor de avelã surgindo do lenço na cabeça, apenas assentiu diversas vezes, sorriu e murmurou:

— *Grazie*.

A garota bonita continuou a falar animadamente.

— Eu vir para a Inglaterra para duas semanas de férias. Ser dos Países Baixos. Gostar muito da Inglaterra. Vi Stratford Avon, teatro de Shakespeare e castelo de Warwick. Depois fui para Clovelly, agora vi catedral de Exeter e Torquay... muito bonita... vim para famoso lugar lindo aqui e amanhã eu cruzar o rio, ir para Plymouth onde a descoberta do Novo Mundo ser feita a partir de Plymouth Hoe.

— E você, *signorina*? — perguntou Poirot, se virando para a outra moça.

Ela, no entanto, apenas sorriu e balançou os cachos.

— Ela não falar bem inglês — disse a holandesa, gentil. — Nós duas falar um pouco de francês... então conversar no trem. Ela vir de perto de Milão e ter parente na Inglaterra casada com cavalheiro que ter loja de muitas mercadorias. Ela vir com amiga de Exeter ontem, mas amiga comer torta de presunto de vitela ruim de loja de Exeter e ficar lá doente. Não é boa em tempo quente, a torta de presunto de vitela.

Nesse momento, o chofer diminuiu a velocidade em uma bifurcação na estrada. As moças desembarcaram, agradeceram em dois idiomas e seguiram pela via da esquerda. O chofer colocou de lado sua indiferença olímpica por um instante e disse, de forma sensata, a Poirot:

— Não é apenas torta de presunto e vitela... o senhor deve tomar cuidado com pastéis da Cornualha também. Colocam *qualquer coisa* nos pastéis durante as férias!

Ele voltou a ligar o motor e seguiu pela via da direita, que logo atravessou um bosque denso. O chofer deu seu veredito final dos hóspedes do albergue Parque Hoodown, dizendo:

— Há ótimas moças no albergue, mas é difícil fazer com que entendam o conceito de propriedade privada. É chocante a maneira como invadem o terreno. Não parecem entender que a moradia de um cavalheiro é *privada*. Estão sempre passando por nosso bosque e fingindo não entender o que falamos para elas.

Ele balançou a cabeça, sombrio.

Poirot e o chofer prosseguiram, descendo uma colina íngreme, depois atravessando grandes portões de ferro e passando por uma estrada até pararem diante de uma grande casa georgiana com vista para o rio.

O chofer abriu a porta do carro e um mordomo de cabelo preto surgiu na porta da casa.

— Mr. Hercule Poirot? — murmurou ele.

— Eu mesmo.

— Mrs. Oliver o espera. O senhor a encontrará no pátio de armas. Permita-me mostrar o caminho.

Poirot seguiu por um trajeto sinuoso ao longo do bosque, com vislumbres do rio abaixo. A rota descia gradualmente até por fim chegar a um espaço aberto, de formato redondo, com um parapeito baixo com ameias, no qual Mrs. Oliver estava sentada.

Ela se levantou para saudá-lo e diversas maçãs caíram de seu colo, rolando em todas as direções. Maçãs pareciam ser um *motif* inescapável durante os encontros com Mrs. Oliver.

— Não sei por que estou sempre deixando coisas caírem — disse ela, de forma um tanto indistinta, já que sua boca estava cheia com um pedaço de maçã. — Como está, Monsieur Poirot?

— *Très bien, chère madame* — respondeu, com educação. — E a senhora?

Mrs. Oliver parecia um pouco diferente desde que Poirot a vira pela última vez, e a razão, como ela já havia insinuado ao telefone, era o fato de que a autora mais uma vez fizera experimentos com sua *coiffure*. Da última vez que Poirot a vira, ela havia adotado um estilo despenteado pelo vento. Hoje, seu cabelo bastante azulado se empilhava em uma multiplicidade de cachinhos um tanto artificiais, um penteado pseudo aristocrático. O efeito, porém, acabava em seu pescoço; o restante da aparência de Mrs. Oliver poderia ser rotulado como "campestre prático", consistindo em um casaco de tweed e uma saia rústicos amarelo-ovo e um suéter cor de mostarda de aparência um tanto biliar.

— Sabia que o senhor viria — falou Mrs. Oliver, animada.

— Não teria como saber — retrucou Poirot, com severidade.

— Ah, teria, sim.

— Ainda me pergunto *por que* estou aqui.

— Bem, eu sei a resposta: curiosidade.

Poirot a encarou, e seus olhos brilharam de leve.

— Talvez sua famosa intuição feminina a tenha feito chegar perto da verdade ao menos uma vez.

— Ora, não zombe de minha intuição feminina. Eu sempre identifiquei o assassino de imediato, não?

Poirot permaneceu em um silêncio educado. De outra forma, poderia ter respondido: "Na quinta tentativa, talvez, e mesmo assim nem sempre!".

Em vez disso, falou, olhando ao redor:

— É de fato uma bela propriedade, essa que a senhora tem.

— Essa aqui? Mas ela não *me* pertence, Monsieur Poirot. Achou que era minha? Ah, não, é de uma família chamada Stubbs.

— Quem são eles?

— Ah, ninguém importante — informou Mrs. Oliver, de forma vaga. — Apenas pessoas ricas. Estou aqui em caráter profissional, fazendo um serviço.

— Está coletando informações locais para outro de seus *chefs-d'œuvre*?

— Não, não. É como eu disse. Estou aqui a *trabalho*. Fui contratada para organizar um assassinato.

Poirot a encarou.

— Ah, não um assassinato de verdade — continuou Mrs. Oliver, tranquilizando-o. — Haverá uma grande quermesse amanhã, e, como novidade, farão uma Caça ao Assassino. Organizada por mim. É como uma Caça ao Tesouro, veja bem; mas já fizeram tantas Caças ao Tesouro que tiveram vontade de inovar. Então me ofereceram uma quantia bastante substancial para vir aqui e idealizar a coisa toda. É bem divertido, na verdade... uma mudança e tanto do cotidiano deprimente de sempre.

— Como isso funciona?

— Bem, haverá uma vítima, é claro. E pistas. E suspeitos. Tudo bastante convencional... o senhor sabe, a sedutora, o chantagista, os jovens amantes, o mordomo sinistro e por aí vai. Meia-coroa para participar, e a pessoa recebe a primeira pista e precisa encontrar a vítima, a arma, dizer quem é o culpado e descobrir o motivo. E há prêmios.

— Extraordinário! — disse Hercule Poirot.

— Na verdade — falou Mrs. Oliver, com tristeza —, é bem mais difícil do que parece. Porque deve-se levar em consideração que pessoas reais podem ser bastante inteligentes, algo que nem sempre acontece em meus livros.

— E a senhora pediu para eu vir aqui para ajudá-la a organizar essa brincadeira? — Poirot nem tentou esconder o ressentimento ultrajado no tom de voz.

— Ah, *não* — disse Mrs. Oliver. — Claro que não! Já preparei tudo. Todos os detalhes estão prontos para amanhã. Não, queria sua presença aqui por outra razão.

— Qual razão?

Mrs. Oliver levantou as mãos em direção à cabeça. Estava prestes a passá-las de forma frenética pelo cabelo, em um antigo gesto familiar, quando se lembrou da complexidade do penteado. Em vez disso, expressou seus sentimentos puxando os lóbulos das orelhas.

— Ouso dizer que sou uma tola — falou ela. — Mas acho que há algo errado.

Capítulo 2

Houve um momento de silêncio enquanto Poirot a encarava. Então, ele perguntou, de forma ríspida:

— Algo *errado*? Como?

— Não sei... É isso que quero que o *senhor* descubra. Sinto, porém... cada vez mais... que estou sendo... ah!... *manipulada*... induzida... Pode me chamar de tola, mas afirmo que não ficarei surpresa se um assassinato *de verdade* ocorrer amanhã, em vez de um falso!

Poirot a encarou, e Mrs. Oliver devolveu o olhar, em desafio.

— Muito interessante — disse ele.

— Suponho que me considere uma tola — falou Mrs. Oliver, de forma defensiva.

— Nunca pensei na senhora desta maneira — argumentou Poirot.

— E sei o que sempre diz... ou pensa... sobre intuição.

— É possível chamar uma mesma coisa por nomes diferentes — falou o belga. — Estou disposto a acreditar que a senhora notou algo, ou ouviu algo, que definitivamente despertou sua ansiedade. Acho possível que a senhora mesmo não saiba o que viu, notou ou ouviu. Está consciente apenas do *resultado*. Se posso colocar assim, a senhora não sabe o que sabe. Rotule isso de intuição, se quiser.

— A gente se sente tão tolo — disse Mrs. Oliver, entristecida — quando não tem *certeza*.

— Chegaremos lá — falou Poirot, encorajando-a. — A senhora mencionou que estava se sentindo... como colocou... induzida? Pode me explicar melhor o que quis dizer com isso?

— Ora, é um tanto complicado... Veja bem, esse assassinato é *meu*, por assim dizer. Eu o concebi e o planejei, e tudo... se encaixa. Se o senhor conhece o mínimo sobre escritores, sabe, então, que eles não suportam sugestões. As pessoas dizem: "Esplêndido, mas não seria melhor se fulano e beltrano fizessem isso e aquilo?" ou "não seria maravilhoso se a vítima fosse A em vez de B? Ou se o assassino acabasse sendo D em vez de E?". Temos vontade de falar: "Tudo bem, então, se quer assim, escreva o próprio livro!".

Poirot aquiesceu.

— E é isso que vem acontecendo?

— Não exatamente... Esse tipo de sugestão boba foi feito, eu fiquei com raiva e as pessoas cederam, mas aceitei sugestões triviais e menores sem muito alarde, já que havia permanecido firme em relação a outras.

— Compreendo — afirmou Poirot. — Sim, é um método... Algo um tanto rude e absurdo é apresentado, mas não é o objetivo final. A alteração menor é o verdadeiro propósito. É isso que quer dizer?

— É exatamente o que quero dizer — falou Mrs. Oliver. — E, é claro, *posso* estar imaginando tudo, mas não acho que estou... E nada disso parece importar mais, de qualquer maneira. Mas fiquei preocupada... Com isso e com uma espécie de... bem... *clima*.

— Quem fez essas sugestões de alteração para a senhora?

— Várias pessoas — respondeu Mrs. Oliver. — Se fosse apenas *uma*, eu teria mais certeza. Mas não foi só uma... embora eu ache que, na verdade, seja. Quer dizer, é uma pessoa mancomunando por meio de indivíduos bastante incautos.

— A senhora faz ideia de quem pode ser essa pessoa?

Mrs. Oliver balançou a cabeça.

— É alguém muito esperto e cuidadoso — disse ela. — Pode ser qualquer um.

— De quem estamos falando? — indagou Poirot. — O elenco de personagens deve ser bem limitado, imagino.

— Bem — começou Mrs. Oliver. — Temos Sir George Stubbs, dono da propriedade. Rico, plebeu e um bocado idiota quando não estamos falando de negócios, acredito, mas provavelmente espertíssimo neste assunto. E há Lady Stubbs... Hattie... mais ou menos vinte anos mais nova do que ele, muito bonita, mas burra feito uma porta... De fato, *eu* a acho uma aparvalhada. Casou-se com ele pelo dinheiro, é claro, e não pensa em muita coisa além de roupas e joias. Então, temos Michael Weyman... um arquiteto jovem e bem-apessoado de uma maneira artística, esculpida. Está desenhando um pavilhão para a quadra de tênis e restaurando a extravagância.

— Extravagância? O que é isso? Um baile de máscaras?

— Não, é uma construção arquitetônica. Uma daquelas coisas que parecem um templo, branca, com colunas. É provável que já tenha visto algo parecido em Kew. Então, há Miss Brewis, uma secretária e governanta, que cuida dos afazeres da casa e escreve cartas... muito séria e eficiente. E temos as pessoas da região que vêm para ajudar. Um jovem casal que mora em um chalé rio abaixo: Alec Legge e a esposa, Sally. E o Capitão Warburton, agente político dos Masterton. E os Masterton, claro, e a velha Mrs. Folliat, que vive em uma edícula próxima à entrada. Nasse originalmente pertencia à família de seu marido, mas eles pereceram, ou morreram em guerras, e os encargos com as mortes foram aumentando de forma que foi preciso vender o lugar.

Poirot levou em conta a lista de personagens, mas, no momento, eram apenas nomes para ele. O detetive retornou, então, ao assunto principal.

— De quem foi a ideia de fazer a Caça ao Assassino?

— De Mrs. Masterton, acho. Ela é a esposa do membro local do Parlamento, muito boa em organizar eventos. Foi ela quem persuadiu Sir George a fazer a quermesse aqui. Veja bem, o local está vazio há tantos anos que ela acha que as pessoas ficarão interessadas em pagar para dar uma olhada.

— Tudo me parece muito simples — disse Poirot.

— Tudo *parece* muito simples — falou Mrs. Oliver, obstinada —, mas não é. Estou dizendo, Monsieur Poirot, há algo *errado*.

Poirot olhou para Mrs. Oliver e ela o encarou de volta.

— Como explicou minha presença aqui? O motivo para me chamar para cá? — questionou Poirot.

— Isso foi fácil. O senhor distribuirá os prêmios da Caça ao Assassino. Todos ficaram animadíssimos. Eu falei que o conhecia, que provavelmente conseguiria persuadi-lo a vir e que tinha certeza de que seu nome seria um chamariz e tanto... como, com certeza, será — afirmou Mrs. Oliver, com tato.

— E a sugestão foi aceita... sem objeções?

— Como falei, todos ficaram animadíssimos.

Mrs. Oliver considerou desnecessário mencionar que, entre a geração mais jovem, uma ou duas pessoas perguntaram: "Quem *é* Hercule Poirot?".

— *Todos?* Ninguém foi contra a ideia?

Mrs. Oliver negou com a cabeça.

— É uma pena — falou Hercule Poirot.

— O senhor quer dizer que isso poderia ter nos dado uma pista?

— Um criminoso em potencial dificilmente me daria boas-vindas.

— Suponho que deve estar pensando que imaginei tudo — comentou Mrs. Oliver, amuada. — Devo admitir que, até começar a conversar com o senhor, não havia notado como não havia muito em que me basear.

— Fique tranquila. — Poirot a acalmou. — Estou intrigado e interessado. Por onde começamos?

Mrs. Oliver deu uma olhada rápida no relógio.

— É quase hora do chá. Vamos voltar para que eu possa apresentá-lo a todos.

Ela tomou um caminho diferente do qual Poirot viera. Parecia seguir na direção contrária.

— Passaremos pela garagem náutica por aqui — explicou Mrs. Oliver.

Enquanto falava, a garagem náutica surgiu. Ela se projetava sobre o rio e tinha um telhado de sapê.

— É lá que vai ficar o cadáver — falou Mrs. Oliver. — O cadáver da Caça ao Assassino.

— E quem vai ser morto?

— Ah, uma mochileira, que, na verdade, é a primeira esposa iugoslava do jovem cientista nuclear — informou Mrs. Oliver, sem hesitação.

Poirot piscou.

— Claro que parece que o cientista nuclear a matou... mas, sem dúvida, não é tão simples assim.

— Decerto que não... já que a *senhora* está envolvida...

Mrs. Oliver aceitou o elogio com um gesto.

— Na verdade — disse ela —, a mulher é morta pelo fidalgo local... e o motivo é bastante criativo... não acho que muitas pessoas vão entender, embora a quinta pista tenha uma indicação bem óbvia.

Poirot abandonou as sutilezas do enredo de Mrs. Oliver para fazer uma pergunta prática:

— Como arranjou um cadáver apropriado?

— Será uma bandeirante daqui. Sally Legge faria o papel... mas agora querem que ela use um turbante e leia o futuro das pessoas. Então, será uma bandeirante chamada Marlene Tucker. Um tanto idiota e intrometida — explicou Mrs. Oliver. — É bem fácil... bastam alguns lenços coloridos e uma mochila... e tudo o que ela precisa fazer é se jogar no chão e colocar a corda ao redor do pescoço quando ouvir alguém chegando. Um tanto maçante para a pobre criança ficar na garagem náutica até ser encontrada, mas providenciei que tivesse um bom conjunto de revistas em quadrinhos... há uma pista que leva ao assassino rabiscada em uma delas, na verdade... de forma que tudo se encaixe.

— Sua engenhosidade me deixa encantado! As coisas em que a senhora pensa!

— Nunca é difícil *pensar* em coisas — retrucou Mrs. Oliver. — O problema é que o senhor pensa em coisas demais, então tudo fica muito complicado, de forma que é preciso renunciar a certas ideias, o que é uma verdadeira agonia. Seguimos por aqui, agora.

Eles percorreram um caminho em zigue-zague que levava a uma vista mais elevada do rio. Após uma curva pelas árvores, chegaram a um lugar ornado com um templo branco com pilastras. De costas e franzindo o rosto para ele, estava um jovem usando uma calça de flanela gasta e uma camisa de um verde virulento. O rapaz deu meia-volta em direção aos dois.

— Mr. Michael Weyman, Monsieur Hercule Poirot — apresentou Mrs. Oliver.

O jovem reagiu com um aceno indiferente.

— São extraordinários — falou ele, amargo — os lugares em que as pessoas *colocam* as coisas! Veja isto, por exemplo. Construído havia apenas um ano... bem bonito e adequado para o período da casa. Mas por que *aqui*? Estas coisas foram feitas para serem vistas... "em destaque", como dizem... com um belo caminho de grama, narcisos etc. Mas aqui está o pobre diabo, escondido em meio às árvores... impossível de ser visto de qualquer lugar... seria necessário cortar ao menos vinte árvores para poder ser visto do rio.

— Talvez não houvesse outro lugar — sugeriu Mrs. Oliver.

Michael Weyman bufou.

— O topo daquele barranco gramado perto da casa seria um lugar perfeito. Mas, não, esses ricaços são sempre iguais: não têm senso artístico. Ficam com vontade de ter uma "extravagância", como chamam esta coisa, e encomendam uma.

· A EXTRAVAGÂNCIA DO MORTO ·

27

Procuram um lugar para colocá-la. Então, pelo que fiquei sabendo, um grande carvalho caiu durante uma tempestade, deixando um buraco horrível. "Ah, podemos arrumar o local colocando a extravagância lá", disse o asno aparvalhado. É só nisso que pensam, esses ricaços da cidade, em arrumação! Fico surpreso por ele não ter colocado canteiros de gerânios vermelhos e calceolarias ao redor da casa toda! Um homem como aquele não deveria ser dono de um lugar como este! — Ele soava colérico.

— Este jovem — observou Poirot para si mesmo — definitivamente não gosta de Sir George Stubbs.

— A base é de concreto — continuou Weyman. — E a terra por baixo não é firme... de forma que está afundando. Há rachaduras em todo o local... logo será perigoso... O melhor seria colocar a coisa toda abaixo e reerguê-la no topo do barranco perto da casa. Esse é meu conselho, mas o tolo obstinado não quer nem ouvir.

— E quanto à quadra de tênis? — perguntou Mrs. Oliver.

A tristeza se instalou ainda mais profundamente no rapaz.

— Ele quer uma espécie de pagode chinês — disse o jovem, com um gemido. — Dragões! Faça-me o favor! Só porque Lady Stubbs gosta de usar chapéus chineses. Quem seria o arquiteto? Quem quer construir algo decente não tem dinheiro, e quem tem dinheiro só quer coisas horríveis!

— Você tem minhas condolências — disse Poirot, sério.

— George Stubbs — falou Michael Weyman, zombeteiro. — Quem ele pensa que é? Arranjou um emprego confortável no almirantado nas profundezas seguras do País de Gales durante a guerra... e deixou crescer uma barba para sugerir que serviu ativamente à Marinha em comboios militares, ou pelo menos foi o que ouvi falar. Podre de rico... absolutamente podre de rico!

— Bem, vocês, arquitetos, precisam de alguém com dinheiro para gastar ou nunca teriam emprego — argumentou Mrs. Oliver de forma bastante razoável.

Ela seguiu em direção à casa, e Poirot e o pobre arquiteto se prepararam para ir atrás da mulher.

— Esses ricaços — disse ele, amargo — não têm princípios morais. — O rapaz deu um último chute na extravagância torta. — Se a base está podre... tudo está podre.

— O que o senhor disse é profundo — falou Poirot. — Sim, bastante profundo.

O caminho que percorriam deixou o bosque para trás e, diante deles, surgiu a casa, branca e bela, com um conjunto de árvores escuras crescendo ao fundo.

— É de uma beleza considerável, claro — murmurou Poirot.

— Ele quer construir um salão de jogos nela — disse Mr. Weyman, o tom envenenado.

No barranco abaixo deles, uma mulher idosa e pequenina estava ocupada podando um amontoado de arbustos. Ela foi ao encontro do grupo, ofegando de leve.

— Tudo foi negligenciado por anos — contou. — E é tão difícil arrumar um homem que entenda de arbustos hoje em dia. A encosta deveria estar toda colorida em março e abril, mas foi muito decepcionante este ano... tanta madeira morta que deveria ter sido cortada no outono passado...

— Monsieur Hercule Poirot, esta é Mrs. Folliat — apresentou Mrs. Oliver.

A velha senhora sorriu.

— Então, este é o famoso Monsieur Poirot! É *muita* gentileza sua nos ajudar amanhã. Esta mulher inteligente concebeu um enigma deveras intrigante... acho que será uma novidade e tanto.

Poirot ficou levemente perplexo pela graça das maneiras da idosa. Ela poderia, pensou, ter sido sua anfitriã.

Ele respondeu com educação:

— Mrs. Oliver é uma velha amiga. Fiquei encantado por poder atender a seu pedido. O lugar é de fato maravilhoso, e que mansão nobre e sublime.

Mrs. Folliat assentiu de forma pragmática.

— Sim. Foi construída pelo tataravô de meu marido, em 1790. Antes, uma mansão elisabetana ocupava o terreno. Ficou em mau estado e um incêndio a destruiu em 1700. Nossa família mora aqui desde 1598.

Sua voz era calma e prática. Poirot a analisou com mais atenção. Viu uma pessoa muito pequena usando roupas surradas de tweed. O traço mais perceptível eram seus olhos de um azul cintilante. O cabelo grisalho estava preso debaixo de uma rede. Embora obviamente não se importasse com sua aparência, a mulher tinha aquele ar inefável, tão difícil de explicar, de ser alguém importante.

Conforme iam juntos para a casa, Poirot falou, com timidez:

— Deve ser difícil para a senhora ter estranhos morando aqui.

Houve uma pausa antes de Mrs. Folliat responder. Sua voz soou clara, precisa e, curiosamente, desprovida de emoção.

— Tantas coisas são difíceis, Monsieur Poirot.

Capítulo 3

Foi Mrs. Folliat quem liderou o grupo dentro da casa, e Poirot a seguiu. Era uma mansão graciosa, de proporções belas. Mrs. Folliat passou por uma porta à esquerda que levava a uma sala de estar com mobília delicada e, mais além, até uma grande sala de visitas, que, no momento, estava cheia de pessoas que pareciam falar ao mesmo tempo.

— George — disse Mrs. Folliat —, este é Monsieur Poirot, que foi muito gentil em vir nos ajudar. Sir George Stubbs.

O homem, que estivera falando em voz alta, deu meia-volta. Era grande, com um rosto um tanto vermelho e uma barba levemente inusitada, que lhe dava a aparência desconcertante de um ator que ainda não havia decidido se atuaria como um magnata do interior ou como um "diamante bruto" dos Domínios. Com certeza, não remetia à Marinha, apesar dos comentários de Michael Weyman. De maneiras e voz joviais, seus olhos eram pequenos e astutos, de um azul-claro penetrante.

Ele saudou Poirot com cordialidade.

— Estamos muito felizes por sua amiga Mrs. Oliver ter conseguido persuadi-lo a vir. Foi uma ideia espertíssima da parte dela. O senhor será uma atração e tanto.

Sir George olhou ao redor.

— Hattie? — Ele repetiu o nome com um tom de voz levemente mais alto: — Hattie!

Lady Stubbs estava recostada em uma poltrona a uma curta distância dos outros. Parecia não prestar atenção no que estava acontecendo na sala. Em vez disso, sorria para a própria mão esticada em um dos braços da poltrona. Ela a virava de um lado para o outro, de forma que uma grande esmeralda solitária no dedo anelar capturava a luz em suas profundezas verdes.

Ela olhou para cima como uma criança espantada e falou:
— Como vai?

Poirot fez uma mesura.

Sir George continuou com as apresentações.
— Esta é Mrs. Masterton.

Mrs. Masterton era uma mulher um tanto monumental, que fez Poirot se lembrar vagamente de um cão farejador. Ela tinha um maxilar projetado e olhos grandes, tristes e um pouco injetados.

Ela se curvou e retomou a conversa em uma voz grossa que, mais uma vez, fez Poirot se lembrar do latido de um cão farejador.

— Essa disputa tola sobre a barraca do chá precisa ser resolvida, Jim — disse a mulher, determinada. — Elas precisam ver a razão. Não podemos deixar que toda a quermesse seja um fiasco por causa de uma rixa entre essas mulheres idiotas.

— Ah, de fato — respondeu o homem com quem falava.

— Capitão Warburton — disse Sir George.

O Capitão Warburton, que usava um blazer quadriculado e tinha um rosto vagamente cavalar, mostrou os dentes brancos em um sorriso um pouco lupino, então continuou com a conversa:

— Não se preocupe, resolverei isso. Terei pulso firme ao conversar com elas. E quanto à barraca de leitura do futuro? Colocaremos perto das magnólias? Ou nos fundos do jardim, próxima aos rododendros?

Sir George prosseguiu com as apresentações.
— Mr. e Mrs. Legge.

Um jovem alto com a pele do rosto descascando devido a uma queimadura de sol sorriu de forma agradável. Sua esposa, uma ruiva sardenta e muito bonita, assentiu de maneira amigável e então entrou em uma discussão com Mrs. Masterton, seu tom eufônico de soprano formando um dueto com os latidos graves da outra mulher.

— Perto das magnólias, *não*... forma um gargalo...

— ...é melhor dispersar as coisas... mas se houver fila...

— ...muito mais fresco. Quer dizer, com o sol batendo diretamente na casa...

— ...e a barraca de derrubar cocos não pode ficar muito perto daqui... os garotos arremessam as bolas de madeira com tanta ferocidade...

— E esta — indicou Sir George — é Miss Brewis, que manda em todos nós.

Miss Brewis estava acomodada atrás da grande bandeja de chá de prata.

Era uma mulher de aparência eficiente na casa dos 40 anos, com modos práticos e agradáveis.

— Como vai, Monsieur Poirot? — perguntou ela. — Espero que tenha feito boa viagem. Os trens às vezes ficam terríveis nessa época do ano. Deixe-me servir um pouco de chá para o senhor. Leite? Açúcar?

— Apenas um pingo de leite, mademoiselle, e quatro torrões de açúcar. — Depois, acrescentou, enquanto Miss Brewis cuidava de seu pedido: — Vejo que estão todos muito atarefados.

— Sim, realmente. Sempre há uma infinidade de coisas de última hora para resolver. E as pessoas nos decepcionam das formas mais inacreditáveis hoje em dia. Por causa de tendas, barracas, cadeiras e equipamentos de bufê. É necessário ficar em cima de *todos*. Passei metade da manhã ao telefone.

— E quanto àqueles pinos, Amanda? — perguntou Sir George. — E os tacos extras para o *clock golf*?

— Está tudo organizado, Sir George. Mr. Benson, do clube de golfe, foi deveras gentil.

Ela entregou a xícara a Poirot.

— Gostaria de um sanduíche, Monsieur Poirot? Estes são de tomate, e aqueles, de patê. Ou, talvez — disse Miss Brewis, lembrando-se dos quatro torrões de açúcar —, o senhor prefira uma torta de creme. Que tal?

Poirot preferiu a torta e se serviu de uma fatia bem doce e cremosa.

Então, equilibrando-a com cuidado no prato, foi se sentar perto da anfitriã. Ela ainda deixava a luz brincar na joia que tinha em sua mão e olhou para o detetive com um sorriso infantil e satisfeito.

— Veja só — disse ela. — É linda, não?

Ele a analisava com atenção. A mulher estava com um chapéu chinês de uma palha magenta vívida. Abaixo dele, reflexos rosados apareciam na superfície branca de sua pele. Lady Stubbs usava uma maquiagem forte em um estilo estrangeiro e nada inglês. A pele bastante branca e opaca, lábios fulgurantes pintados de rosa, máscara aplicada profusamente aos olhos. Era possível ver um pouco do cabelo por baixo do chapéu, preto e liso, como um boné de veludo. Seu rosto era de uma beleza lânguida, nem um pouco britânica. Era uma criatura do sol tropical, aprisionada por acaso, por assim dizer, em uma sala de visitas inglesa. Mas foram os olhos que surpreenderam Poirot. Era o olhar de uma criança, quase vazio.

Ela fizera a pergunta de maneira infantil e confidencial, e Poirot respondeu como se falasse com uma criança:

— É um anel muito bonito.

A mulher pareceu contente.

— George me deu ontem — falou Lady Stubbs, baixando a voz como se estivesse compartilhando um segredo com o belga. — Ele me dá um monte de coisas. É muito gentil.

Poirot olhou novamente para o anel e para a mão esticada no braço da poltrona. As unhas eram bem longas e haviam sido pintadas de roxo-escuro.

Em sua mente, surgiu uma citação: "Eles não trabalham nem fiam...".

Ele decerto não conseguia imaginar Lady Stubbs trabalhando ou fiando. Ainda assim, dificilmente teria descrito a mulher como um lírio do campo. Ela era um produto bem mais artificial.

— É uma bela sala a que tem aqui, madame — elogiou Poirot, olhando ao redor com apreço.

— Suponho que sim — respondeu Lady Stubbs, de forma vaga.

Sua atenção ainda estava voltada para o anel; com a cabeça inclinada, ela observava a chama verde de suas profundezas, que surgia conforme movia a mão.

Disse em um sussurro confidencial:

— O senhor vê? Ele está piscando para mim.

Ela caiu na gargalhada, e Poirot teve uma sensação repentina de choque. Era uma risada alta e descontrolada.

Do outro lado do cômodo, Sir George falou:

— Hattie.

Sua voz era gentil, mas continha um leve tom de advertência. Lady Stubbs parou de rir.

Poirot falou em tom normal:

— Devonshire é uma região adorável. A senhora não acha?

— É bonita durante o dia. Quando não chove — respondeu Lady Stubbs, com pesar. — Mas não há nenhuma discoteca.

— Ah, compreendo. A senhora gosta de discotecas?

— Ah, *sim* — falou Lady Stubbs com fervor.

— E por que gosta tanto delas?

— Elas têm música e dança. Eu posso usar minhas melhores roupas e colocar vários braceletes e anéis. E todas as outras mulheres usam roupas e joias bonitas, mas não tão bonitas quanto as minhas.

Ela sorriu com enorme satisfação. Poirot sentiu uma leve pontada de pena.

— E tudo isso a diverte?

— Sim. Gosto de cassinos também. Por que não há cassinos na Inglaterra?

— Eu mesmo me faço essa pergunta com frequência. — Poirot suspirou. — Não acho que eles combinem com o caráter inglês.

Ela olhou para o detetive sem entender. Então se inclinou um pouco na direção dele.

— Certa vez, ganhei sessenta mil francos em Monte Carlo. Apostei no número 27 e foi o que saiu.

— Deve ter sido uma animação e tanto, madame.

— Ah, foi, *sim*. George me dá dinheiro para apostar... mas, em geral, eu perco tudo.

Ela pareceu desolada.

— Que pena.

— Ah, não importa, na verdade. George é muito rico. É bom ser rico, o senhor não acha?

— Muito bom — disse Poirot, com gentileza.

— Talvez, se eu não fosse rica, seria parecida com Amanda. — Seu olhar foi para Miss Brewis na mesa de chá e a examinou de maneira fria. — Ela é muito feia, o senhor não acha?

Naquele momento, Miss Brewis levantou a cabeça, olhando para o outro lado do cômodo, onde eles estavam sentados. Lady Stubbs não tinha falado alto, mas Poirot se perguntou se Amanda Brewis a ouvira mesmo assim.

Ao desviar o olhar, seus olhos encontraram os do Capitão Warburton. O olhar do capitão era irônico e o homem parecia entretido.

Poirot procurou mudar de assunto.

— A senhora andou ocupada com os preparativos da quermesse? — perguntou.

Hattie Stubbs balançou a cabeça.

— Ah, não, acho tudo um tanto maçante... e idiota. Temos criados e jardineiros. Por que eles não deveriam fazer os preparativos?

— Ah, minha querida. — Foi Mrs. Folliat quem falou. Ela fora se sentar no sofá próximo a eles. — Este é o tipo de coisa com a qual você foi criada nas ilhas. Mas a vida na Inglaterra não é mais assim. Bem que eu gostaria que fosse. — Ela suspirou. — Hoje em dia, temos que fazer quase tudo sozinhos.

Lady Stubbs deu de ombros.

— Acho que é uma estupidez. Qual é a vantagem de ser rico se você precisa fazer tudo?

— Algumas pessoas acham divertido — disse Mrs. Folliat, sorrindo para ela. — Eu mesma acho, na verdade. Nem todas as coisas, mas algumas. Gosto de jardinagem e de fazer os preparativos para uma festividade como a de amanhã.

— Será como uma festa? — perguntou Lady Stubbs, cheia de esperança.

— Exatamente como uma festa... com muitas e muitas pessoas.

— Será como Ascot? Com pessoas muito chiques usando chapéus grandes?

— Bem, não exatamente como Ascot — respondeu Mrs. Folliat. Ela acrescentou com gentileza: — Mas você deve tentar aproveitar a vida do campo, Hattie. Deveria ter nos ajudado hoje de manhã, em vez de ficar na cama e só se levantar na hora do chá.

— Eu estava com dor de cabeça — falou Hattie, amuada. Então, seu humor mudou e ela sorriu para Mrs. Folliat com afeto. — Mas serei boazinha amanhã. Farei tudo que mandar.

— É muito gentil de sua parte, querida.

— Tenho um vestido novo para estrear. Chegou hoje de manhã. Venha comigo até lá em cima para dar uma olhada nele.

Mrs. Folliat hesitou. Lady Stubbs ficou de pé e insistiu:

— A senhora precisa vir. Por favor. É um vestido adorável. Venha *agora*!

— Ah, pois bem.

Mrs. Folliat deu um meio-sorriso e se levantou. Conforme saía da sala, sua figura pequenina seguindo a silhueta alta de Hattie, Poirot ficou bastante surpreso ao ver como a fadiga havia substituído a compleição sorridente em seu rosto.

Era como se, relaxada e desprevenida por um instante, ela não estivesse preocupada em manter a máscara social. E, ainda assim, parecia mais do que isso. Talvez ela estivesse sofrendo de alguma doença que nunca mencionava, como faziam muitas mulheres. Não era uma pessoa, pensou o detetive, que aceitaria pena ou compaixão de braços abertos.

O Capitão Warburton se acomodou na poltrona que Hattie Stubbs acabara de vagar. Ele também olhava para a porta pela qual as duas mulheres haviam passado, mas não falou da idosa. Em vez disso, disse de forma arrastada e com um leve sorriso:

— Bela criatura, não é? — Ele observou, de rabo de olho, Sir George saindo do cômodo por uma porta envidraçada, com Mrs. Masterton e Mrs. Oliver a reboque. — O velho George Stubbs é caidinho por essa mulher. Nada é bom o suficiente para ela! Joias, peles, tudo o mais. Se ele tem consciência de que lhe falta alguma coisa na cachola, eu nunca descobri. Provavelmente acha que não importa. Afinal, esses homens de negócios não procuram uma companhia intelectual.

— Qual é a nacionalidade dela? — perguntou Poirot, curioso.

— Sempre achei que parecia sul-americana. Mas acredito que venha das Índias Ocidentais. Daquelas ilhas com açúcar, rum e todo o resto. De uma das famílias tradicionais de lá... uma *creole*, mas não estou dizendo que é mestiça. Só que há muita consanguinidade, acredito, naquelas ilhas. O que explica a deficiência intelectual.

A jovem Mrs. Legge veio se juntar a eles.

— Veja bem, Jim — disse a mulher —, você precisa me apoiar nisso. A tenda precisa ficar onde todos nós decidimos: no outro lado do gramado, de costas para os rododendros. É o único lugar possível.

— Mrs. Masterton não pensa assim.

— Bem, o senhor precisa convencê-la.

Ele lhe deu um sorriso raposino.

— Mrs. Masterton é minha patroa.

— Wilfred Masterton é seu patrão. Ele é o membro do Parlamento.

— É o que eu diria, mas deveria ser ela. É ela quem manda na casa... sei disso muito bem.

Sir George voltou a entrar no cômodo.

— Ah, aí está você, Sally — disse ele. — Precisamos de sua ajuda. É surpreendente como todo mundo pode ficar tão alvoroçado sobre quem vai passar manteiga nos pães e quem vai comandar a rifa do bolo ou por que a barraca de produtos agrícolas ficou no lugar prometido à barraca de lãs finas. Onde está Amy Folliat? Ela consegue lidar com essa gente... acho que é a única capaz de fazer isso.

— Ela foi lá para cima com Hattie.

— Ah, é mesmo...?

Sir George olhou ao redor, parecendo desamparado, e Miss Brewis saltou do lugar de onde estava preparando ingressos e falou:

— Vou buscá-la para o senhor, Sir George.

— Obrigado, Amanda.

Miss Brewis se retirou da sala.

— Preciso conseguir um pouco mais de cerca de arame — murmurou Sir George.

— Para a quermesse?

— Não, não. Para colocar onde nosso terreno encontra o do Parque Hoodown. A cerca antiga está toda corroída, e é por lá que eles passam.

— Quem?

— Invasores! — vociferou Sir George.

Sally Legge disse, em tom divertido:

— O senhor parece Betsey Trotwood fazendo campanha contra os asnos.

— Betsey Trotwood? Quem é ela? — questionou Sir George.

— Dickens.

— Ah, Dickens. Certa vez, li *As aventuras do sr. Pickwick*. Não é ruim. De forma alguma... me surpreendeu. Mas, falando a verdade, os invasores são uma ameaça desde que inauguraram essa tolice de albergue da juventude. Eles aparecem do nada, usando as roupas mais estranhas... um rapaz hoje de manhã estava usando uma camisa coberta de tartarugas e outras coisas... Me fez pensar que eu tinha bebido demais ou algo do tipo. Metade deles não sabe falar inglês, só ficam balbuciando. — Ele imitou: — "Ah, por favor... sim, sabe... dizer... caminho para balsa?" Eu respondo que não, e grito com eles, dizendo-lhes para voltar para o lugar de onde vieram, mas, na metade das vezes, eles simplesmente piscam, nos encaram e não compreendem. E as moças dão risadinhas. Todos os tipos de nacionalidade: italianos, iugoslavos, holandeses, finlandeses... Eu não ficaria espantado se visse esquimós! E metade deles é comunista, o que não me deixa nem um pouco surpreso — finalizou Sir George de forma sombria.

— Ora, vamos, George, não comece a falar dos comunistas — disse Mrs. Legge. — Vou ajudá-lo a lidar com essas mulheres raivosas.

Ela o levou para o lado de fora e falou:

— Venha, Jim. Venha ser dilacerado por uma boa causa.

— Tudo bem, mas quero explicar a Caça ao Assassino para Monsieur Poirot, já que ele vai distribuir os prêmios.

— Pode fazer isso depois.

— Esperarei pelo senhor aqui — falou Poirot, de forma agradável.

No silêncio que se seguiu, Alec Legge se espreguiçou em sua poltrona e suspirou.

— Mulheres! — disse ele. — Parecem um enxame de abelhas. — Ele virou a cabeça para olhar pela porta envidraçada. — E isso tudo para quê? Para uma quermesse tola com a qual ninguém se importa.

— Mas é claro — comentou Poirot — que alguém deve se importar.

— Por que as pessoas não podem ter algum *juízo*? Por que não podem *raciocinar*? Pense na bagunça em que o mundo todo se meteu. As pessoas não percebem que os habitantes do planeta estão ocupados cometendo suicídio?

Poirot julgou corretamente que aquela era uma pergunta retórica. Ele apenas balançou a cabeça, em dúvida.

— A não ser que possamos fazer algo antes que seja tarde demais... — A voz de Alec Legge foi desaparecendo. Uma expressão raivosa dominou seu rosto. — Ah, sim — disse ele —, sei o que está pensando. Que sou nervoso, neurótico... e tudo o mais. Como aqueles malditos médicos. Receitando repouso e uma mudança para perto do mar. Pois bem, Sally e eu viemos para cá, alugamos o Chalé do Moinho por três meses e segui a recomendação deles. Pesquei, tomei banho de mar, dei longas caminhadas e peguei sol...

— Notei que o senhor andou pegado sol mesmo — falou Poirot, com educação.

— Ah, isso? — Alec ergueu a mão para o rosto vermelho. — É o resultado de um bom verão inglês, para variar. Mas o que há de *bom* nisso tudo? Você não pode deixar de encarar a realidade ao fugir dela.

— Não, nunca é bom fugir.

— E estar em uma atmosfera rural como essa faz você perceber melhor as coisas... isso e a apatia incrível das pessoas deste país. Mesmo Sally, que é inteligente o bastante, age da mesma forma. Por que se incomodar? É o que ela diz. Isso me enlouquece! Por que se incomodar?

— Por sinal, por que o senhor se incomoda?

— Bom Deus, o senhor também?

— Não, não é um conselho. Apenas gostaria de saber sua resposta.

— O senhor não vê? Alguém precisa fazer alguma coisa.

— E esse alguém é o senhor?

— Não, não. Não eu pessoalmente. Nada pode ser *pessoal* em tempos como esses.

— Não vejo por que não. Mesmo em "tempos como esses", como colocou, uma pessoa continua sendo uma pessoa.

— Mas não deveria ser! Em épocas de estresse, quando é uma questão de vida ou morte, um indivíduo não deveria pensar nos próprios males e preocupações.

— Asseguro-lhe de que está bastante errado. Na última guerra, durante um intenso ataque aéreo, me preocupava bem mais com a dor que sentia em um calo no dedinho do pé do que com a ideia de morrer. Na época, fiquei surpreso com isso. "Pense", disse a mim mesmo. "A morte pode chegar a qualquer momento." Mas ainda estava consciente de meu calo... na verdade, me sentia magoado por ter que sofrer com aquilo além do medo da morte. Era exatamente *porque* eu poderia morrer que cada detalhe pessoal em minha vida ganhava uma importância maior. Vi uma mulher ir ao chão em um acidente na rua, quebrar a perna, e só chorar porque notou que a meia-calça havia desfiado.

— O que só mostra como as mulheres podem ser tolas!

— Mostra como as *pessoas* são. Talvez tenha sido a assimilação da própria vida que permitiu que a raça humana sobrevivesse.

Alec Legge deu uma risada zombeteira.

— Às vezes — disse ele —, acho uma pena que tenhamos sobrevivido.

— É, o senhor sabe — persistiu Poirot —, uma forma de humildade. E a humildade é valiosa. Eu me lembro de um mote espalhado por toda a rede de metrô daqui durante a guerra: "Tudo depende de *você*". Foi criado, acho, por algum religioso eminente... mas, em minha opinião, era uma doutrina perigosa e indesejável. Porque não era *verdadeira*. Tudo *não* depende, digamos, da dona fulana de uma cidade qualquer. E, se ela vier a pensar assim, não será bom para seu caráter. Enquanto ela analisa o papel que pode exercer nos assuntos mundiais, seu filho pequeno se queima com a chaleira.

— O senhor tem visões um tanto ultrapassadas, em minha opinião. Qual seria o seu mote?

— Não preciso formular um próprio. Há um mote antigo nesse país que me serve muito bem.

— E qual é?

— "Confie em Deus e mantenha sua pólvora seca."

— Ora, pois bem... — Alec Legge parecia contente. — Isso é deveras inesperado, vindo do senhor. Sabe o que eu gostaria que fosse feito neste país?

— Algo, sem dúvida, forçado e desagradável — respondeu Poirot, sorrindo.

Alec Legge permaneceu sério.

— Gostaria de ver todos os imbecis exterminados... imediatamente! Não deixar que se reproduzissem. Imagine os resultados se, por uma geração, apenas os inteligentes tivessem permissão para se reproduzir.

— Haveria um aumento considerável de pacientes nas alas psiquiátricas, talvez — disse Poirot, seco. — Uma pessoa precisa de raízes como as flores de uma planta, Mr. Legge. Por maiores e mais bonitas que sejam, se as raízes na terra forem destruídas, não haverá mais flores. — Ele acrescentou: — O senhor consideraria Lady Stubbs uma candidata para a câmara letal?

— Sim. Que serventia tem uma mulher daquelas? De que forma contribui com a sociedade? Já lhe passou pela cabeça alguma coisa que não fossem roupas, peles ou joias? Como eu disse, que serventia ela tem?

— O senhor e eu — falou Poirot, de forma suave — somos, sem dúvida alguma, muito mais inteligentes do que Lady Stubbs. Mas — ele balançou a cabeça, com tristeza — temo que não sejamos tão ornamentais.

— Ornamentais...

Alec deu uma bufada violenta, mas foi interrompido pelo retorno de Mrs. Oliver e do Capitão Warburton.

Capítulo 4

— O senhor deve vir ver as pistas e os detalhes da Caça ao Assassino, Monsieur Poirot — falou Mrs. Oliver, sem fôlego.

Poirot se levantou e seguiu os dois de forma obediente.

O trio atravessou o vestíbulo de entrada e foi para uma pequena sala mobiliada como um escritório.

— Armas letais à esquerda — observou o Capitão Warburton, indicando com um gesto uma mesinha de carteado coberta de baeta.

Nela, estavam uma pistola diminuta, um cano de chumbo com uma sinistra mancha de ferrugem, um frasco azul com um rótulo indicando veneno, um pedaço de corda de varal e uma seringa hipodérmica.

— Estas são as armas — explicou Mrs. Oliver —, e estes são os suspeitos.

Ela lhe entregou um cartão impresso, e Poirot leu com interesse.

Suspeitos
Estelle Glynne — uma jovem bela e misteriosa, convidada do
Coronel Blunt — o fidalgo local, cuja filha
Joan — é casada com
Peter Gaye — um jovem cientista nuclear.
Miss Willing — uma governanta.
Quiett — um mordomo.

Maya Stavisky — uma turista.
Esteban Loyola — um visitante inesperado.

Em silêncio, Poirot piscou e olhou para Mrs. Oliver, sem compreender.

— Um elenco magnífico — disse ele, por educação. — Mas, se me permite perguntar, madame, o que o participante da brincadeira deve fazer?

— Vire o cartão — instruiu o Capitão Warburton.

Poirot obedeceu.

No outro lado, estava impresso:

Nome e endereço: _____

Solução
Arma: _____
Assassino: _____
Motivo: _____
Hora e lugar: _____
Razões para ter chegado a essas conclusões: _____
_____

— Todos que vão participar da Caça ao Assassino recebem um cartão desses — explicou o Capitão Warburton, rapidamente. — Além de um bloco de anotações e um lápis para escrever as pistas. Serão seis pistas. Você passa de uma à outra como em uma Caça ao Tesouro, e as armas ficam escondidas em lugares suspeitos. Eis a primeira pista: uma fotografia. Todo mundo começa com essa.

Poirot pegou a pequena foto das mãos dele e a analisou, franzindo a testa. Depois, virou-a de cabeça para baixo. Ainda parecia confuso. Warburton riu.

— Um truque fotográfico engenhoso, não? — disse ele, complacente. — É bem simples quando se sabe o que é.

Poirot, que não sabia o que era, sentiu um aborrecimento crescente.

— Uma janela com grades? — sugeriu o detetive.
— Parece um pouco, admito. Não, é um pedaço de uma rede de tênis.
— Ah. — Poirot voltou a olhar para a imagem. — Sim, é como o senhor falou... é bem óbvio quando lhe dizem o que é.
— Muita coisa depende de como a pessoa olha — falou Warburton, rindo.
— Essa é uma verdade bastante profunda.
— A segunda pista será encontrada em uma caixa abaixo do meio da rede de tênis. Na caixa, estarão este frasco vazio de veneno... e uma rolha solta.
— Mas, veja bem — disse Mrs. Oliver —, a tampa do frasco é de rosca, então a *rolha* é a pista, na verdade.
— Sei, madame, que a senhora é muito criativa, mas não vejo como...

Mrs. Oliver o interrompeu.
— Ah, mas é claro — falou ela. — Há uma história. Como em uma série de revista: uma sinopse. — Ela se virou para o capitão Warburton. — O senhor recebeu os folhetos?
— Ainda não chegaram da gráfica.
— Mas eles *prometeram*!
— Eu sei, eu sei. Todos sempre prometem. Estarão prontos hoje à noite, às dezoito horas. Vou pegá-los com o carro.
— Ah, que bom.

Mrs. Oliver deu um suspiro profundo e se virou para Poirot.
— Bem, então terei que contá-la. Mas não sou muito boa nisso. Quer dizer, quando escrevo, deixo tudo perfeitamente claro, mas, se falo, sempre parece uma confusão terrível; e é por isso que nunca discuto meus enredos com ninguém. Aprendi a não fazer isso, porque, se faço, as pessoas sempre olham para mim sem entender nada e dizem: "Ah... sim, mas... não compreendi o que aconteceu... e com certeza isso não pode dar um livro". Tão decepcionante. E *não é* verdade, porque, quando escrevo, funciona! — Mrs. Oliver fez uma pausa para respirar e continuou: — Bem, é mais

ou menos assim. Temos Peter Gaye, um jovem cientista nuclear suspeito de estar na folha de pagamento dos comunistas, que é casado com essa moça, Joan Blunt, e a primeira esposa dele está morta, mas não está, e aparece porque é uma agente secreta, ou talvez não, quer dizer, ela pode mesmo *ser* uma turista... e a esposa tem um caso, e esse homem Loyola aparece ou para encontrar Maya ou para espioná-la, e tem uma carta com chantagens que pode ser da governanta ou talvez do mordomo, e o revólver está desaparecido, e como você não sabe para quem a carta é direcionada, e a seringa hipodérmica apareceu durante um jantar, e, depois disso, desapareceu...

Mrs. Oliver parou por completo, estimando corretamente a reação de Poirot.

— Eu sei — disse ela, simpática. — Parece uma bagunça, mas não é... não em minha cabeça... e, quando o senhor ler a sinopse no panfleto, vai ver que está tudo bem claro. E, de qualquer maneira — continuou Mrs. Oliver —, a história não importa de verdade, não é? Quer dizer, não para o *senhor*. Tudo o que tem que fazer é distribuir os prêmios... prêmios muito bons, o do primeiro lugar é uma cigarreira de prata no formato de revólver... e falar como a pessoa que solucionou o mistério foi astuta.

Poirot pensou consigo mesmo que a pessoa que solucionaria o mistério teria que ser mesmo bem esperta. Na verdade, ele duvidava muito de que alguém conseguiria resolvê-lo. O enredo e a ação da Caça ao Assassino lhe pareciam estar envoltos em uma névoa impenetrável.

— Bem — disse o Capitão Warburton, alegre, dando uma olhada rápida em seu relógio de pulso —, é melhor eu ir até a gráfica pegar os panfletos.

— Se não estiverem prontos... — resmungou Mrs. Oliver.

— Ah, já estão prontos. Eu telefonei para lá. Até mais tarde.

Ele saiu do cômodo.

Na mesma hora, Mrs. Oliver agarrou o braço de Poirot e perguntou em um sussurro rouco:

— E então?

— E então... o quê?

— Encontrou alguma coisa? Ou detectou alguém?

Poirot respondeu com uma leve reprovação na voz:

— Tudo e todos parecem ser perfeitamente normais.

— Normais?

— Bem, talvez esta não seja a palavra certa. Lady Stubbs, como disse, é definitivamente abaixo do normal, e Mr. Legge me parece um tanto anormal.

— Ah, não há nada de errado com ele — disse Mrs. Oliver, sem paciência. — Ele teve um colapso nervoso.

Poirot não questionou a formulação um tanto duvidosa da frase, mas a aceitou sem pensar muito.

— Todos parecem estar no esperado estado de agitação nervosa, alta exaltação, fadiga geral e forte irritação que são características dos preparativos dessa forma de entretenimento. Se a senhora pudesse indicar...

— *Shhh!* — Mrs. Oliver agarrou seu braço mais uma vez. — Tem alguém vindo.

Poirot sentiu que aquilo parecia um melodrama ruim, e sua irritação aumentou.

O rosto meigo e agradável de Miss Brewis apareceu na porta.

— Ah, aí está você, Monsieur Poirot. Estava procurando pelo senhor para lhe mostrar seu quarto.

Eles subiram a escada e atravessaram um corredor até chegarem a um quarto grande e arejado, com vista para o rio.

— Há um banheiro bem em frente. Sir George sempre fala em adicionar mais banheiros, mas fazer isso comprometeria o tamanho dos cômodos, infelizmente. Espero que o senhor ache tudo bastante confortável.

— Sim, de fato. — Poirot varreu o quarto com os olhos e lançou um olhar apreciativo para a pequena estante de livros, a luminária e uma caixa na mesa de cabeceira, em cujo rótulo se lia BISCOITOS. — A senhorita parece organizar esta casa à perfeição. Devo parabenizar você ou minha charmosa anfitriã?

— Lady Stubbs está ocupada em tempo integral sendo charmosa — respondeu Miss Brewis, com um leve tom ácido na voz.

— Uma jovem deveras decorativa — falou Poirot, pensativo.

— Se o senhor diz.

— Mas, em outros aspectos, ela não seria, talvez... — Ele se calou. — *Pardon*. Estou sendo indiscreto. Faço comentários sobre coisas que não deveriam ser comentadas.

Miss Brewis o encarou e disse, um tanto seca:

— Lady Stubbs sabe bem o que está fazendo. Além de ser, como o senhor colocou, uma jovem deveras decorativa, ela também é bastante astuta.

A secretária deu meia-volta e saiu do quarto antes que as sobrancelhas de Poirot tivessem se erguido por completo de surpresa. Então, era assim que a eficiente Miss Brewis pensava? Ou dissera aquilo por outra razão? E por que fizera uma declaração como aquela para ele... um recém-chegado? Justamente porque ele *era* um recém-chegado, talvez? E também porque era estrangeiro. Por experiência própria, Hercule Poirot descobriu que muitos ingleses desconsideravam o que diziam para estrangeiros!

Ele franziu a testa, perplexo, olhando, distraído, para a porta pela qual Miss Brewis tinha acabado de sair. Então, foi até a janela e olhou para o lado de fora. Ao fazer isso, viu Lady Stubbs saindo da casa com Mrs. Folliat. As duas conversaram por um minuto ou dois perto da grande árvore de magnólia. Então, Mrs. Folliat lhe deu adeus com um gesto da cabeça, pegou a cesta com itens de jardinagem e luvas, e se encaminhou em direção ao portão. Lady Stubbs permaneceu no lugar, observando-a por um instante, então pegou distraidamente uma flor de magnólia, cheirou-a e começou a descer o caminho que passava pelo bosque e ia até o rio.

Ela olhou para trás uma única vez antes de desaparecer por completo. De trás da árvore de magnólia, Michael Weyman surgiu em silêncio, irresoluto, e então seguiu a figura alta e esbelta por entre as árvores.

"Um jovem bonito e dinâmico", pensou Poirot. "Com uma personalidade mais atraente, sem dúvida, do que a de Sir George Stubbs..."

Mas e daí? Tais padrões aconteciam eternamente pela vida. Um marido rico, desinteressante e de meia-idade, uma esposa jovem e bela sem muito desenvolvimento intelectual, um rapaz atraente e suscetível. O que havia ali para que Mrs. Oliver fizesse um chamado imperativo pelo telefone? Ela, sem dúvida, tinha uma imaginação fértil, mas...

— Afinal — murmurou Hercule Poirot para si mesmo —, não sou um consultor de adultério... nem de adultério em potencial.

Poderia de fato haver algo nessa noção extraordinária de Mrs. Oliver de que algo não estava certo? A cabeça de Mrs. Oliver era de uma bagunça singular, e como ela conseguia, de uma maneira ou de outra, criar histórias de detetive coerentes estava além de sua compreensão. Ainda assim, apesar de toda a confusão, ela com frequência o surpreendia com uma percepção repentina da verdade.

— O tempo é curto... curto — murmurou para si. — *Há* algo errado aqui, como acredita Mrs. Oliver? Estou inclinado a pensar que sim. Mas o quê? Quem poderia esclarecer isso? Preciso saber mais, muito mais, sobre os ocupantes da casa. Quem poderia me informar?

Depois de um momento de reflexão, o belga pegou seu chapéu (Poirot nunca se arriscava a sair à noite com a cabeça descoberta), saiu do quarto e desceu a escada às pressas. Ouviu, à distância, o latido ditatorial da voz grave de Mrs. Masterton. Mais próxima, a voz de Sir George se ergueu com entonação romântica.

— Maldito seja aquele véu. Gostaria de tê-la em meu harém, Sally. Vou visitar sua barraca para ter minha sorte lida diversas vezes amanhã. O que me diz?

Ouviu-se um leve som de corpos se encontrando, e Sally Legge falou, sem fôlego:

— George, não deve fazer isso.

Poirot ergueu as sobrancelhas e escapou por uma porta lateral covenientemente próxima. Andou em velocidade máxima por uma trilha nos fundos, que seu senso de localização permitiu prever que se juntaria ao caminho da frente em algum momento.

Sua manobra foi bem-sucedida e permitiu que ele — ofegando de leve — encontrasse Mrs. Folliat para ajudá-la galantemente a carregar sua cesta de jardinagem.

— Se me permite, madame...

— Ah, agradeço, Monsieur Poirot, é muita gentileza sua. Mas não está pesada.

— Permita-me carregá-la para a senhora até sua casa. Mora perto daqui?

— Na verdade, moro na edícula perto do portão da frente. Sir George muito gentilmente a aluga para mim.

Na edícula perto do portão da frente de sua antiga casa... Poirot se perguntou como ela se sentia em relação a *isso*. A compostura dela era tão absoluta que ele não fazia ideia de seus sentimentos. O detetive mudou de assunto com a seguinte observação:

— Lady Stubbs é muito mais jovem do que o marido, não?

— Vinte e três anos mais jovem.

— No quesito físico, é bastante bonita.

Mrs. Folliat disse, sem erguer a voz:

— Hattie é uma menina boa e querida.

Não era a resposta que ele esperava. Mrs. Folliat prosseguiu:

— Eu a conheço muito bem, sabe? Por um curto período, ela ficou sob minha tutela.

— Não sabia disso.

— E como saberia? De certa forma, é uma história triste. Sua família tinha fazendas, plantações de cana, nas Índias Ocidentais. Como resultado de um terremoto, a casa pegou fogo, e seus pais, seus irmãos e suas irmãs pereceram. Na época, Hattie estava em um convento em Paris e de repente ficou sem parentes próximos. Os advogados consideraram aconselhável que ela tivesse uma dama de companhia e fosse apresentada à sociedade após passar algum tempo no exterior. Eu aceitei ser responsável por ela. — Mrs. Folliat acrescentou com um sorriso seco: — Posso me arrumar para determinadas ocasiões e, é claro, tenho as conexões necessárias... de fato, o último governador foi um amigo próximo nosso.

— Naturalmente, madame, compreendo tudo isso.

— Aquilo me fez muito bem... eu estava passando por um momento difícil. Meu marido tinha morrido pouco antes da eclosão da guerra. Meu filho mais velho, que estava na Marinha, afundou com um navio; meu filho mais novo, que estava no Quênia, voltou, se juntou ao Exército e foi morto na Itália. Isso significou três encargos por conta das mortes, e a casa precisou ser colocada à venda. Eu mesma não estava nada bem e fiquei feliz pela distração de ter uma pessoa mais jovem da qual cuidar e com quem viajar. Acabei me afeiçoando muito a Hattie, talvez porque logo percebi que ela era... digamos... incapaz de se defender sozinha? O senhor deve entender, Monsieur Poirot, Hattie *não* tem uma deficiência intelectual, mas é o que o pessoal do campo descreveria como "simplória". É fácil impor suas vontades sobre ela, pois é uma moça dócil e suscetível. Acho que foi uma bênção ela não ter acabado com muito dinheiro. Se tivesse se tornado uma herdeira, sua posição seria bem mais difícil. Ela era bela para os homens e, sendo de natureza afetuosa, era fácil atraí-la e influenciá-la... definitivamente, era necessário que alguém cuidasse dela. Quando, após a venda da propriedade de seus pais, foi descoberto que a plantação fora destruída e que havia mais dívidas do que bens, só posso me sentir grata por um homem como Sir George Stubbs ter se apaixonado pela moça e casado com ela.

— Possivelmente... sim... foi uma solução.

— Sir George — disse Mrs. Folliat —, embora tenha acumulado fortuna por esforço próprio e seja... para sermos honestos, um vulgar, é gentil e decente em sua essência, além de bastante rico. Não acho que ele pediria por uma companhia *intelectual* como esposa, o que não é problema algum. Hattie é tudo o que ele quer. Ela exibe roupas e joias à perfeição, é afetuosa e complacente, e é muito feliz com ele. Confesso que sou bastante grata por isso, pois admito que fiz um esforço consciente para que ela o aceitasse. Se tudo tivesse acabado mal — sua voz falhou um pouco —, teria sido culpa minha por incitá-la a se casar com um homem tantos anos mais velho. O senhor vê, como eu disse, Hattie é completamente sugestionável. Qualquer pessoa que estiver em sua companhia pode controlá-la.

— Parece-me — falou Poirot, concordando — que a senhora fez o arranjo mais prudente para ela. Não sou romântico como os ingleses. Para providenciar um bom casamento, deve-se levar em conta mais do que o romance.

E acrescentou:

— E quanto à Casa Nasse, é de fato uma propriedade lindíssima. Como dizem, de outro mundo.

— Já que Nasse teve que ser vendida — falou Mrs. Folliat, com um leve tremor na voz —, fico feliz por Sir George tê-la comprado. Foi requisitada durante a guerra pelo Exército. Depois, poderia ter sido comprada e transformada em uma pousada ou escola, os cômodos retalhados e repartidos, destituídos de sua beleza natural. Nossos vizinhos, os Fletcher, em Hoodown, tiveram que vender sua mansão, que agora é um albergue. É bom que os jovens possam se divertir... e, por sorte, Hoodown é do final da era vitoriana, sem grandes méritos arquitetônicos, de forma que as alterações realizadas não fizeram diferença. Temo que alguns dos jovens invadam nosso terreno. Isso deixa Sir George encolerizado. É verdade que, algumas vezes, eles já danificaram os arbustos ao passar por aqui... os turistas fazem isso para tentar pegar um atalho para a balsa que atravessa o rio.

Os dois agora estavam perto do portão principal. A edícula, uma construção pequena e branca de um único andar, ficava a uma curta distância do caminho e tinha um jardinzinho cercado ao redor.

Mrs. Folliat tomou de volta a cesta de Poirot com um agradecimento.

— Sempre gostei muito da edícula — disse ela, olhando para a casa com afeição. — Merdle, nosso jardineiro-chefe por trinta anos, morava aqui. Gosto muito mais dela do que do chalé na colina, embora ele tenha sido expandido e modernizado por Sir George. Foi necessário; hoje, um rapaz é o jardineiro-chefe, e ele tem uma esposa jovem... e essas moças precisam de ferros elétricos, fogões modernos, televisão e tudo o mais. É preciso se atualizar... — Ela suspirou. — Quase não há pessoas de antigamente na propriedade agora... todos rostos novos.

— Fico feliz, madame — disse Poirot — por ao menos ter encontrado um paraíso.

— O senhor conhece o poema de Spenser? "O sono após a labuta, o porto após a tormenta, o descanso após a batalha, a morte após a vida trazem satisfação imensa..." — Ela fez uma pausa e disse, sem mudar o tom de voz: — É um mundo muito cruel, Monsieur Poirot. Com pessoas muito cruéis. O senhor deve saber disso tão bem quanto eu. E não repita isso diante dos mais jovens, pois pode desencorajá-los, mas é verdade... Sim, é um mundo muito cruel...

Ela assentiu de leve, deu meia-volta e entrou na edícula. Poirot ficou parado, encarando a porta fechada.

Capítulo 5

I

Disposto a explorar o local, Poirot atravessou os portões principais e desceu a estrada sinuosa que dava em um pequeno cais. Havia um grande sino com uma corrente e um aviso acima: Toque para chamar a balsa. Diversos barcos estavam atracados na lateral do cais. Um senhor bem velho, com olhos remelentos, que estava encostado em um pilarete, veio correndo em direção a Poirot.

— O senhor quer a balsa?

— Agradeço, mas não. Saí da Casa Nasse apenas para dar uma caminhada.

— Ah, o senhor está na Nasse? Trabalhei lá quando era garoto, foi mesmo, e meu filho, ele já foi jardineiro-chefe lá. Mas eu cuidava dos barcos. O velho Folliat, ele gostava muito de barcos. Velejava em qualquer clima, ele. Mas o major, o filho dele, não gostava de velejar. Cavalos, era disso que gostava. E gastava um bom dinheiro com esses animais. Com eles e com bebida... passou por muitos percalços por causa disso, a mulher dele. Talvez o senhor a tenha visto... mora na edícula agora, ela.

— Sim, eu a deixei lá agora mesmo.

— Ela é uma Folliat também, prima em segundo grau lá de Tiverton. Gosta muito de jardinagem, ela, todos os arbustos floridos foi ela quem plantou. Mesmo quando a casa foi tomada na guerra, e os dois jovens cavalheiros foram lutar, ela ainda cuidava dos arbustos e impedia que fossem destruídos.

— Foi difícil para ela ter os dois filhos mortos, imagino.

— Ah, ela teve uma vida difícil, ah, teve, com várias coisas. Problemas com o marido e problemas com os jovens cavalheiros também. Não Mr. Henry. Ele era o melhor jovem cavalheiro que o senhor poderia desejar, puxou ao avô, gostava de velejar e entrou na Marinha, é claro, mas Mr. James, ele deu a ela muita dor de cabeça. Foram dívidas e mulheres, e também tinha um temperamento daqueles. Quem torto nasce, tarde ou nunca se endireita. Mas a guerra lhe caía bem, o senhor poderia dizer... deu a ele sua chance. Ah! Tem muita gente que não consegue viver de forma honesta em períodos de paz, mas que morre bravamente na guerra.

— Então, agora — disse Poirot —, não há mais Folliat em Nasse.

O velho parou de falar.

— É como o senhor diz.

— Em vez disso, vocês têm Sir George Stubbs. O que os locais pensam dele?

— A gente entende — respondeu o velho — que ele é muito rico.

Sua voz soava seca e quase entretida.

— E a esposa dele?

— Ah, é uma mulher boa de Londres, ela. Não é muito de jardinagem, não. Mas dizem também que falta a ela alguma coisa aqui em cima. — Ele tocou em sua têmpora de forma significativa. — Não que não seja sempre falante e amigável. Eles estão aqui há pouco mais de um ano. Compraram o lugar e reformaram tudo. Eu me lembro da chegada deles como se fosse ontem. Vieram de noite, pois é, um dia depois do pior temporal que eu já vi. Árvores caídas por todo canto... uma acabou atravessando o caminho para a casa, e a gente teve que cortar ela rápido para que o carro pudesse passar. E o grande carvalho lá em cima caiu e derrubou um monte de outras árvores também, fazendo uma bagunça danada, ah, foi.

— Ah, sim, onde hoje fica a extravagância?

O velho se virou e cuspiu, indignado.

— Chamam de extravagância porque é uma extravagância mesmo... bobagem moderna. Nunca houve extravagância nenhuma no tempo dos Folliat. Foi ideia da mulher. Não demorou nem três semanas depois que eles chegaram para ser construída, e não tenho dúvida de que ela convenceu Sir George a fazer isso. Um tanto idiota aquela coisa enfiada no meio das árvores, que nem um templo pagão. Agora, sobre uma boa casa de veraneio, simples e com vitrais, não tenho *nada* contra.

Poirot abriu um leve sorriso.

— As londrinas — disse ele — têm seus caprichos. É triste que o tempo dos Folliat tenha chegado ao fim.

— O senhor nunca acredite nisso. — O velho deu uma risadinha profunda. — Sempre vai haver Folliat em Nasse.

— Mas a casa pertence a Sir George Stubbs.

— Isso pode ser... mas ainda há uma Folliat aqui. Ah! Os Folliat são únicos e sagazes!

— O que quer dizer?

O velho o observou com um olhar de esguelha.

— Mrs. Folliat está morando da edícula, não é? — perguntou ele.

— Sim — respondeu Poirot, devagar. — Mrs. Folliat mora na edícula, e o mundo é muito cruel, e todas as pessoas nele são muito cruéis.

O velho o encarou.

— Ah — disse ele. — O senhor tem algo aí, talvez.

Ele se afastou de novo.

— Mas o que eu tenho? — perguntou-se Poirot, irritado, enquanto voltava a subir lentamente a colina de volta à mansão.

II

Hercule Poirot se asseava de forma meticulosa, aplicando uma pomada aromática ao bigode e girando-o ferozmente nas pontas. Ele se afastou, diante do espelho, e ficou satisfeito com o que viu.

O som de um gongo ressoou pela casa, e ele desceu a escada.

O mordomo, tendo finalizado uma apresentação um tanto artística, *crescendo*, *forte*, *diminuendo*, *rallentando*, recolocava a baqueta no gancho. Seu rosto sombrio e melancólico demonstrava prazer.

Poirot pensou: "Uma carta com chantagens que pode ser da governanta... ou talvez do mordomo...". Parecia que cartas com chantagens se encaixariam muito bem no escopo desse mordomo. O detetive se perguntou se Mrs. Oliver havia tirado a inspiração para seus personagens da vida real.

Miss Brewis cruzou o vestíbulo de entrada com um deselegante vestido florido de chiffon, e ele a alcançou, perguntando:

— Há uma governanta na casa?

— Ah, não, Monsieur Poirot. Receio que, hoje em dia, não tenhamos mais essas sutilezas, a não ser em propriedades realmente grandes, é claro. Ah, não, eu sou a governanta... às vezes, mais governanta do que secretária nesta casa.

Ela deu uma risada curta e ácida.

— Então, a senhorita é a governanta? — Poirot a analisou, pensativo.

Ele não conseguia ver Miss Brewis escrevendo uma carta com chantagens. No entanto, talvez uma carta anônima — isso seria diferente. Ele já vira muitas cartas anônimas escritas por mulheres bem parecidas com Miss Brewis — mulheres estimadas e confiáveis, sobre as quais não recaía suspeita alguma.

— Qual é o nome do mordomo? — questionou ele.

— Henden. — Miss Brewis soou um pouco surpresa.

Poirot se recompôs e logo explicou:

— Pergunto porque tenho a impressão de já tê-lo visto antes.

— É bem provável — respondeu Miss Brewis. — Nenhuma dessas pessoas parece conseguir ficar em qualquer lugar por mais de quatro meses. Elas devem testar todos os empregos disponíveis na Inglaterra. Afinal, não são muitos os que podem arcar com mordomos e cozinheiras hoje em dia.

Eles entraram na sala de visitas, onde Sir George, parecendo, de alguma forma, pouco à vontade em um smoking, servia xerez. Mrs. Oliver, em cetim cinza-ferro, se assemelhava a um encouraçado obsoleto, e a cabeça de cabelo preto e liso de Lady Stubbs estava abaixada enquanto ela estudava as modas na *Vogue*.

Alec e Sally Legge também esperavam o jantar, assim como Jim Warburton.

— Temos uma noite atarefada pela frente — disse ele. — Nada de bridge hoje. Quero ver todos com a mão na massa. Temos que preparar uma boa quantidade de avisos, além da placa da barraca de leitura do futuro. Que nome daremos a ela? Madame Zuleika? Esmeralda? Ou Romena Leigh, a Rainha Cigana?

— O toque oriental — respondeu Sally. — Todos nas áreas agrícolas odeiam ciganos. Zuleika parece bom. Trouxe minhas tintas e pensei que Michael poderia fazer uma cobra em espiral para enfeitar a placa.

— Cleópatra e não Zuleika, então?

Henden apareceu à porta.

— Está servido, senhora.

Eles entraram na sala de jantar. Havia velas por toda a longa mesa. O cômodo estava tomado por sombras.

Warburton e Alec Legge sentaram-se cada um de um lado da anfitriã. Poirot ficou entre Mrs. Oliver e Miss Brewis, que conversava de forma rápida sobre outros detalhes da preparação do evento.

Mrs. Oliver estava distraída e taciturna, e quase não falou.

Quando enfim rompeu o silêncio, foi com uma explicação contraditória.

— Não se preocupe comigo — falou para Poirot. — Só estou tentando me lembrar se há algo de que me esqueci.

Sir George deu uma risada calorosa.

— O erro fatal, não? — comentou ele.

— Exatamente — disse Mrs. Oliver. — Sempre há um. Às vezes, só o percebemos quando o livro está sendo impresso. E então é uma *agonia*! — Seu rosto refletia essa emoção. Ela suspirou. — O curioso é que a maioria das pessoas nunca o nota. Digo a mim mesma: "Mas é claro que a cozinheira teria percebido que as duas costeletas não foram comidas". Mas ninguém chega a pensar nisso.

— A senhora me fascina. — Michael Weyman inclinou-se sobre a mesa. — O mistério da segunda costeleta. Por favor, por favor, não explique. Pensarei sobre isso durante o banho.

Mrs. Oliver lhe deu um sorriso distraído e voltou a suas preocupações.

Lady Stubbs também estava calada. Vez ou outra, bocejava. Warburton, Alec Legge e Miss Brewis conversavam à sua frente.

Conforme saíam da sala de jantar, Lady Stubbs parou junto ao pé da escada.

— Vou para a cama — anunciou ela. — Estou com muito sono.

— Ah, Lady Stubbs — disse Miss Brewis —, há tanto a ser feito. Estávamos contando com sua ajuda.

— Sim, eu sei — respondeu Lady Stubbs. — Mas vou para a cama.

Ela falava com a satisfação de uma criança pequena.

A anfitriã virou o rosto para Sir George enquanto ele deixava a sala de jantar.

— Estou cansada, George. Vou para a cama. Você se importa?

Ele foi até a esposa e deu tapinhas afetuosos em seu ombro.

— Vá e aproveite seu sono da beleza, Hattie. Descanse para amanhã.

Ele lhe deu um beijinho e ela subiu a escada, acenando e dizendo:

— Boa noite a todos.

Sir George sorriu para Lady Stubbs. Miss Brewis respirou fundo e se virou bruscamente.

— Venham — disse ela, com uma alegria forçada que não pareceu convincente. — Temos *trabalho* a fazer.

Rapidamente, cada pessoa ganhou uma tarefa. Como Miss Brewis não podia estar em todos os lugares ao mesmo tempo, logo surgiram algumas inadimplências. Michael Weyman enfeitou um cartaz com uma serpente magnífica e feroz e as palavras Madame Zuleika lerá a sua sorte, e então desapareceu sem chamar atenção. Alec Legge cumpriu alguns afazeres, mas depois se afastou, alegando que mediria o jogo de argolas, e não retornou. As mulheres, como sempre, trabalharam de forma enérgica e consciente. Hercule Poirot seguiu o exemplo de sua anfitriã e foi para a cama cedo.

III

Poirot desceu para tomar o café às 9h30 da manhã seguinte. A refeição foi servida no estilo pré-guerra: uma fileira de pratos quentes em um aquecedor elétrico. Sir George comia um café inglês completo, com ovo mexido, toucinho e rim. Mrs. Oliver e Miss Brewis se serviram de uma versão modificada do mesmo prato. Michael Weyman se alimentava de presunto frio. Apenas Lady Stubbs não se importava com as travessas e mordiscava torradas e bebericava café. Ela usava um chapéu grande, rosa-claro, que parecia estranho à mesa do café da manhã.

O correio tinha acabado de chegar. Havia uma pilha enorme de cartas diante de Miss Brewis, que ela organizava. As cartas de Sir George marcadas como "pessoal", ela passava para o patrão. Miss Brewis abriu as outras e as dividiu em categorias.

Lady Stubbs recebera três cartas. Abriu o que evidentemente eram duas contas e deixou-as de lado. Então, abriu o terceiro envelope e disse, de forma repentina e clara:

— Ah!

A exclamação foi tão surpreendente que todas as cabeças se viraram em sua direção.

— É de Etienne — disse ela. — Meu primo Etienne. Ele está vindo para cá de iate.

— Deixe-me dar uma olhada nisso, Hattie.

Sir George estendeu a mão.

Ela passou-lhe a missiva pela mesa. Ele abriu a carta e leu.

— Quem é esse Etienne de Sousa? Um primo, você disse?

— Acho que sim. Um primo de segundo grau. Não me lembro muito bem dele... quase nada. Ele era...

— Sim, minha querida?

Ela deu de ombros.

— Não importa. Já faz muito tempo. Eu era só uma garotinha.

— Suponho que não poderia se lembrar muito bem dele mesmo. Mas devemos lhe dar as boas-vindas, é claro — falou Sir George, de maneira cordial. — É uma pena que temos a quermesse hoje, mas vamos convidá-lo para o jantar. Talvez possamos acomodá-lo por uma ou duas noites... mostrar alguma coisa da região?

Sir George estava sendo o fidalgo generoso.

Lady Stubbs não respondeu. Ela encarou a xícara de café.

A conversa inevitável sobre a quermesse se tornou geral. Apenas Poirot se manteve afastado, observando a esbelta figura exótica na cabeceira da mesa. Imaginava o que estava se passando na cabeça dela. Naquele momento, o olhar dela se ergueu e relanceou com rapidez da mesa até o assento do detetive. Era um olhar tão astuto e perspicaz que o surpreendeu. Conforme seus olhos se encontraram, aquela expressão desapareceu — o vazio retornando. Mas o outro olhar estivera lá, frio, calculista, observador...

Ou ele havia imaginado tudo? De qualquer forma, não era verdade que as pessoas com uma leve deficiência intelectual com frequência tinham uma perspicácia natural que por vezes surpreendia até mesmo aqueles que as conheciam bem?

O belga pensou que Lady Stubbs decerto era um enigma. As pessoas pareciam ter opiniões diametralmente opostas sobre ela. Miss Brewis insinuara que Lady Stubbs sabia muito bem o que estava fazendo. Ainda assim, Mrs. Oliver a considerava abobalhada, e Mrs. Folliat, que a conhecia há mais tempo e de forma íntima, a descrevera como uma moça não exatamente normal, alguém que precisava de cuidado e atenção.

Talvez as opiniões de Miss Brewis fossem parciais. Ela desgostava de Lady Stubbs por sua indolência e indiferença. Poirot se perguntou se Miss Brewis havia sido a secretária de Sir George desde antes de seu casamento. Em caso positivo, ela poderia se ressentir pela chegada do novo regime.

O próprio Poirot teria concordado com Mrs. Folliat e Mrs. Oliver — até aquela manhã. Mas, afinal, ele poderia de fato se basear no que tinha sido apenas uma breve impressão?

Lady Stubbs se levantou de repente.

— Estou com dor de cabeça — disse ela. — Acho que vou me deitar um pouco.

Sir George também se levantou, ansioso.

— Minha querida. Você está bem, não?

— É só uma dor de cabeça.

— Mas vai estar bem hoje à tarde, não é?

— Sim, acho que sim.

— Tome uma aspirina, Lady Stubbs — disse Miss Brewis. — Tem comprimidos ou devo levá-los para a senhora?

— Tenho alguns.

Ela seguiu em direção à porta. Conforme se retirava, Lady Stubbs deixou cair o lenço de mão que apertava entre os dedos. Poirot, inclinando-se para a frente sem chamar atenção, o pegou de forma discreta.

Sir George, que estava prestes a seguir sua esposa, foi interrompido por Miss Brewis.

— Sobre o estacionamento dos carros esta tarde, Sir George. Estou prestes a dar as instruções para Mitchell. Acha que a melhor forma seria, como disse...?

Poirot, saindo da sala, não ouviu mais nada.

Encontrou a anfitriã na escada.

— Madame, a senhora deixou cair isso.

Ele lhe ofereceu o lenço com uma mesura.

Lady Stubbs o pegou sem prestar atenção.

— Deixei? Obrigada.

— Estou aflitíssimo, madame, com seu sofrimento. Ainda mais com seu primo a caminho.

Ela respondeu rapidamente, de forma quase violenta:

— Não quero ver Etienne. Não gosto dele. Ele é mau. Sempre foi. Tenho medo dele. Ele faz coisas ruins.

A porta da sala de jantar se abriu, e Sir George atravessou o vestíbulo de entrada até a escada.

— Hattie, minha pobrezinha. Deixe-me subir e colocá-la na cama.

Os dois seguiram pela escada juntos, o braço dele a envolvendo com ternura, o rosto preocupado e absorto.

Poirot os observou e então se virou para encontrar Miss Brewis se movendo rapidamente com alguns papéis nas mãos.

— A dor de cabeça de Lady Stubbs... — disse ele.

— Que dor de cabeça o quê! — falou Miss Brewis, de mau humor, desaparecendo dentro do escritório e fechando a porta.

Poirot suspirou e atravessou a porta da casa, indo até o terraço. Mrs. Masterton tinha acabado de chegar em um carro pequeno e coordenava a montagem de uma tenda de chá, latindo ordens em tons fortes e vigorosos.

Ela se virou para saudar Poirot.

— Tão incômodos, esses detalhes — observou Mrs. Masterton. — E sempre colocam as coisas no lugar errado. Não, Rogers! Mais para a esquerda... *esquerda*... não direita! O que acha do tempo, Monsieur Poirot? Ele me parece questionável. Uma chuva, é claro, estragaria tudo. E tivemos um verão tão bom este ano, para variar. Onde está Sir George? Quero falar com ele sobre o estacionamento dos carros.

— A esposa dele estava com dor de cabeça e foi se deitar.
— Ela vai ficar bem de tarde — afirmou Mrs. Masterton.
— Gosta de eventos, o senhor sabe. Ela usará um belo vestido e ficará contente feito uma criança. Pode me passar um punhado daquelas estacas ali, por favor? Quero marcar os números do *clock golf*.

Poirot, colocado para trabalhar, foi conduzido incansavelmente por Mrs. Masterton, como um aprendiz. Ela se dignou a conversar com ele nos intervalos das árduas tarefas.

— Temos que fazer tudo sozinhos, ao que parece. É a única maneira... Por sinal, o senhor é amigo dos Eliot, não?

Poirot, após sua longa estada na Inglaterra, entendeu que aquela era uma indicação de reconhecimento social. Mrs. Masterton estava, na verdade, dizendo: "Embora seja estrangeiro, vejo que o senhor é Um de Nós". Ela continuou a tagarelar:

— É bom ter gente morando em Nasse novamente. Estávamos com tanto medo de que se tornasse um hotel. O senhor sabe como é hoje em dia; basta dirigir pelo interior para passar por diversos estabelecimentos com placas indicando "albergue", "pousada particular" ou "hotel cinco estrelas". Todas as mansões em que ficamos quando garotas... ou que frequentamos em bailes. É muito triste. Sim, fico feliz por Nasse, assim como a pobre Amy Folliat, é claro. Ela teve uma vida tão árdua... mas nunca reclama. Sir George fez maravilhas com a propriedade... e *não* a vulgarizou. Não sei se isso foi resultado da influência de Amy Folliat... ou se é um bom gosto natural. Ele de fato *tem* bom gosto, sabe? O que é muito surpreendente em um homem como aquele.

— Ele não é, até onde entendo, um membro da pequena nobreza local, é? — perguntou Poirot com cuidado.

— Ele não é nem mesmo Sir George... foi batizado assim, até onde sei. Suspeito que tenha pegado a ideia de Lord George Sanger, o famoso proprietário de circo. É muito engraçado, na verdade. É claro que não fazemos comentários. Homens ricos devem receber permissão para ter seus pequenos esnobismos, não concorda? O mais engraçado é que, apesar de suas origens, George Stubbs se encaixaria perfeitamente em qualquer lugar. Ele tem um estilo antigo. Puro fidalgo rural do século XVIII. Tem bom sangue, eu diria. O pai foi um cavalheiro, e a mãe, uma garçonete, é o meu palpite.

Mrs. Masterton interrompeu sua fala para gritar com um jardineiro.

— Está muito perto dos rododendros. Deve deixar espaço para o boliche à direita. *Direita...* não esquerda!

Ela prosseguiu:

— É extraordinário como não conseguem diferenciar a esquerda da direita. Brewis é uma mulher eficiente. Não gosta da pobre Hattie, no entanto. Às vezes, olha para ela como se quisesse matá-la. Tantas boas secretárias se apaixonam por seus patrões. Agora, onde o senhor acha que Jim Warburton pode ter se metido? É tola a maneira que se autodenomina "capitão". Não foi soldado em tempo integral e nunca nem chegou perto de um alemão. Mas é preciso tolerar, é claro, o possível hoje em dia... e ele trabalha bastante... mas sinto que há algo um tanto estranho nele. Ah! Lá vêm os Legge.

Sally Legge, usando uma calça e um pulôver amarelos, exclamou:

— Viemos ajudar!

— Há muito a ser feito — falou Mrs. Masterton com a voz grave. — Agora, deixe-me ver...

Poirot, aproveitando a falta de atenção da mulher, logo se retirou. Conforme contornava o canto da casa no terraço dianteiro, tornou-se espectador de um novo drama.

Duas jovens, usando short e blusas de cores chamativas, surgiram do bosque e olhavam para a mansão, incertas. Poirot pensou ter reconhecido uma delas como a garota italiana da carona do dia anterior. Da janela do quarto de Lady Stubbs, Sir George se inclinava e as tratava com raiva.

— Vocês estão invadindo meu terreno! — gritou ele.

— Como? — perguntou a jovem com um lenço verde na cabeça.

— Não podem passar por aqui. É propriedade privada.

A outra jovem, que tinha um lenço azul-marinho cobrindo a cabeça, falou:

— Como? Cais de Nassecombe... — pronunciou as palavras com cuidado. — É esse caminho? Por favor.

— Vocês estão invadindo meu terreno — rugiu Sir George.

— Como?

— *Invadindo!* Não têm como passar por aqui. Precisam voltar. *VOLTAR!* Pelo caminho que vieram.

Elas o encararam enquanto ele gesticulava. Então, conversaram uma com a outra em uma torrente de língua estrangeira. Por fim, cheia de dúvidas, a moça do lenço azul falou:

— Voltar? Para albergue?

— Isso mesmo. E peguem a estrada... a *estrada*, por ali.

Elas voltaram a contragosto. Sir George limpou a testa e olhou para Poirot.

— Passo o tempo inteiro expulsando essas pessoas — disse ele. — Elas vinham pelo portão da colina. Coloquei um cadeado lá. Agora, vêm do bosque, depois de pular a cerca. Acham que podem chegar mais rápido à margem do rio e ao cais desse modo. Bem, na verdade, podem, é claro. É mais rápido. Mas não têm o direito de passar por aqui... nunca tiveram. E são quase todas estrangeiras... não entendem o que falamos e simplesmente respondem em holandês ou coisa parecida.

— Daquelas duas, uma é alemã, e a outra, italiana, acho... Vi a moça italiana saindo da estação ontem.

— Elas falam cada idioma... Sim, Hattie? O que disse?

Ele voltou para dentro do quarto.

Poirot se virou para encontrar Mrs. Oliver. Uma menina bem crescida de 14 anos, usando um uniforme de bandeirante, se aproximou dele.

— Esta é Marlene — apresentou Mrs. Oliver.

Marlene deu uma risadinha.

— Sou o terrível cadáver — falou ela. — Mas não vou me sujar de sangue. — Seu tom expressava decepção.

— Não?

— Não. Apenas estrangulada com uma corda, só isso. Eu *preferiria* ser esfaqueada... e ficar banhada de tinta vermelha.

— O Capitão Warburton pensou que poderia parecer realista demais — informou Mrs. Oliver.

— Mas acho que *deveríamos* ter sangue em um assassinato — insistiu Marlene, chateada. Ela olhou para Poirot com um interesse faminto. — Já viu muitos assassinatos, não? É o que *ela* diz.

— Um ou dois — respondeu o detetive, modesto.

Alarmado, Poirot percebeu que Mrs. Oliver estava se afastando deles.

— Algum maníaco sexual? — perguntou Marlene, com avidez.

— Com certeza, não.

— Eu gosto de maníacos sexuais — anunciou a menina. — Quer dizer, de ler sobre eles.

— Provavelmente não ia gostar de encontrar um.

— Ah, não sei. Quer saber de uma coisa? Acho que temos um maníaco sexual aqui. Meu avô viu um corpo no bosque uma vez. Ele se assustou e correu, e, quando voltou, o cadáver tinha desaparecido. Era o corpo de uma mulher. Mas é claro que ele é doido, meu avô, então ninguém lhe dá ouvidos.

Poirot conseguiu escapar e, voltando para a casa por um caminho tortuoso, se refugiou em seu quarto. Precisava descansar.

Capítulo 6

Eles almoçaram cedo e de maneira corrida, a refeição sendo servida em um bufê frio. Às 14h30, uma subcelebridade do cinema daria início à quermesse. O tempo, após ameaçar chuva, começou a melhorar. Às quinze horas, a festa estava a todo vapor. As pessoas pagavam a entrada de meia-coroa aos montes, e os carros estavam estacionados na lateral do caminho que levava à casa. Estudantes do albergue chegavam em grupos, conversando em voz alta em línguas estrangeiras. Seguindo a previsão de Mrs. Masterton, Lady Stubbs saiu do quarto pouco antes das 14h30, usando um vestido rosa-choque e um enorme chapéu chinês de palha preta. Estava drapejada com uma boa quantidade de diamantes.

Miss Brewis murmurou de forma sardônica:

— Deve achar que está no Camarote Real em Ascot!

Mas Poirot a elogiou.

— É uma bela criação a que está usando, madame.

— É bonito, não? — disse Hattie, feliz. — Usei-o em Ascot.

A estrela de cinema estava chegando e Hattie partiu para conhecê-la.

Poirot se retirou para os bastidores. Andou ao redor, desanimado — tudo parecia estar acontecendo da maneira normal das quermesses. Havia uma barraca de derrubar cocos, comandada por um animado Sir George, uma pista de boliche e um jogo de argolas. Havia diversas "tendas" com frutas, vegetais, geleias e bolos típicos — e outras com "objetos sofisticados". Havia "rifas" de bolos, de cestas de frutas e até, ao que parecia, de um porco; e um sorteio de brinquedos cuja participação custava dois *pence*.

Àquela altura, a quermesse estava cheia, e uma exibição de dança infantil teve início. Poirot não viu sinal de Mrs. Oliver, mas a figura em rosa e rosa-choque de Lady Stubbs se sobressaía na multidão conforme a mulher vagava sem direção determinada. A atração principal, no entanto, parecia ser Mrs. Folliat. Sua aparência se transformara — usando um vestido de seda leve, azul-hortênsia, e um elegante chapéu cinza, ela parecia dirigir os procedimentos, saudando os recém-chegados e guiando as pessoas às diversas atrações.

Poirot permaneceu perto dela e ouviu um pouco de suas conversas.

— Amy, minha querida, como está?

— Ah, Pamela, que bom que você e Edward vieram. Tiverton fica tão longe.

— Você deu sorte com o tempo. Lembra-se do ano antes da guerra? Um aguaceiro caiu mais ou menos às dezesseis horas. Arruinou todo o evento.

— Mas tivemos um verão maravilhoso este ano. Dorothy! Faz *tanto tempo* que não a vejo.

— Sentimos que *precisávamos* vir e ver Nasse em toda a sua glória. Notei que cortou as bérberis na margem do rio.

— Sim. Assim dá para ver as hortênsias melhor, não acha?

— Como estão extraordinárias. Que azul lindo! Mas, minha querida, você fez maravilhas no ano passado. Nasse está voltando a se parecer com a casa que já foi um dia.

O marido de Dorothy falou com a voz grave:

— Vim aqui durante a guerra para ver o comandante. Quase fiquei de coração partido.

Mrs. Folliat se virou para saudar uma visitante mais simples.

— Mrs. Knapper, fico feliz em vê-la. Esta é Lucy? Como ela cresceu!

— Ano que vem será seu último ano na escola. Fico satisfeita em vê-la tão bem, madame.

— Eu estou ótima, muito obrigada. Você deve tentar a sorte no jogo de argolas, Lucy. Vejo a senhora depois na tenda de chá, Mrs. Knapper. Vou ajudar com o chá.

Um homem mais velho, presumivelmente Mr. Knapper, disse de maneira modesta:

— Fico feliz por ver a senhora de volta a Nasse, madame. Parece os velhos tempos.

A resposta de Mrs. Folliat foi abafada quando duas mulheres e um homem enorme foram em direção a ela.

— Amy, minha querida, há quanto *tempo*. Parece que a quermesse está sendo um *grande* sucesso! Por favor, diga-me o que fez com o jardim de rosas. Muriel me contou que substituiu todas as flores por rosas floribundas.

O homem corpulento entrou na conversa.

— Onde está Marylin Gale...?

— Reggie está louco para conhecê-la. Ele viu sua última fotografia.

— É ela com aquele chapéu grande? Minha nossa, que roupas maravilhosas.

— Não seja tolo, querido. Aquela é Hattie Stubbs. Sabe, Amy, você não deveria deixar que ela andasse por aí tão *parecida* com uma modelo.

— Amy? — Outro amigo chamou sua atenção. — Este é Roger, filho de Edward. Minha querida, é tão bom vê-la de volta a Nasse.

Poirot caminhou devagar e, sem pensar, investiu um xelim no bilhete de uma rifa, na qual poderia ganhar um porco.

Ainda ouviu um "que bom que você veio" fraco às suas costas. Poirot se pôs a pensar se Mrs. Folliat percebia que tinha assumido o papel de anfitriã ou se era algo inconsciente. Mas, naquela tarde, de forma muito definitiva, ela era Mrs. Folliat da Casa Nasse.

O detetive estava ao lado da tenda com um cartaz que dizia: Madame Zuleika lerá sua sorte por meia-coroa. O chá tinha acabado de ser servido e não havia mais fila para a leitura de sorte. Poirot baixou a cabeça, entrou na tenda e pagou de bom grado sua meia-coroa pelo privilégio de se afundar em uma cadeira e descansar os pés exaustos.

Madame Zuleika usava um robe preto esvoaçante, um lenço dourado enrolado em volta da cabeça e um véu na metade inferior do rosto que cobria seus traços de leve. Um bracelete de ouro com amuletos da sorte tilintou quando ela pegou a mão de Poirot e fez uma leitura rápida, um destino agradável que continha muito dinheiro por vir, sucesso com uma linda mulher de beleza sombria e a escapatória milagrosa de um acidente.

— Tudo que a senhora me disse é excelente, Madame Legge. Apenas gostaria que fosse verdade.

— Ah! — falou Sally. — Então, me reconheceu?

— Tive acesso a informações privilegiadas... Mrs. Oliver me falou que a senhora seria originalmente a vítima, mas que teve que ser realocada para o ocultismo.

— Eu bem que gostaria de *ser* o cadáver — falou Sally. — Muito mais calmo. Tudo culpa de Jim Warburton. Já são dezesseis horas? Quero tomar um chá. Meu intervalo é das dezesseis às 16h30.

— Ainda faltam dez minutos — informou Poirot, consultando seu grande relógio antiquado. — Quer que eu traga uma xícara de chá para a senhora?

— Não, não. Quero tirar meu intervalo. Esta tenda é sufocante. Ainda há muitas pessoas esperando?

— Não. Acho que estão fazendo fila para o chá.

— Que bom.

Poirot saiu da tenda e na mesma hora foi desafiado por uma mulher resoluta a adivinhar o peso de um bolo por apenas seis *pence*.

Uma matrona de ar maternal o incentivava a tentar a sorte no jogo de argolas, e, para seu desgosto, Poirot ganhou uma boneca Kewpie grande. Caminhando vergonhosamente com seu prêmio, ele encontrou Michael Weyman, que estava parado, melancólico, perto do topo de um caminho que levava ao cais.

— O senhor parece ter se divertido a valer, Monsieur Poirot — falou, com um sorriso sardônico.

Poirot contemplou seu prêmio.

— É realmente horrível, não? — disse ele, triste.

Uma menina perto dele começou a chorar de repente. Poirot logo parou e colocou a boneca nos braços da criança.

— *Voilà*, para você.

As lágrimas cessaram de forma abrupta.

— Pronto, Violet, aquele senhor não foi gentil? Agradeça a ele...

— Desfile de fantasias! — gritou o Capitão Warburton por um megafone. — O primeiro grupo... dos 3 aos 5 anos. Formem uma fila, por favor.

Poirot seguiu em direção à casa e quase colidiu com um rapaz que dava passos para trás a fim de mirar melhor para acertar um coco. O jovem olhou feio para o belga, e Poirot pediu desculpas de maneira mecânica, o olhar fascinado pelo padrão estranho de sua camisa. Ele a reconheceu como a camisa de "tartaruga" que Sir George descrevera. Todo tipo de tartaruga, cágado e monstro marinho parecia estar se contorcendo e rastejando no tecido.

Poirot piscou e foi abordado pela moça holandesa a quem dera carona no dia anterior.

— Então, a senhorita veio à quermesse — disse ele. — E sua amiga?

— Ah, sim, ela também vem. Ainda não a vi, mas vamos embora juntas no ônibus que passa nos portões às 17h15. Vamos para Torquay e lá mudo de ônibus para Plymouth. É conveniente.

Isso explicava algo que intrigara Poirot: o fato de que a holandesa estava suando sob o peso da mochila.

Ele disse:

— Vi sua amiga hoje de manhã.

— Ah, sim, Elsa, uma garota alemã, estava com ela, e ela me contou que tentaram atravessar o bosque para chegar ao cais e ao rio. E que o cavalheiro que é o dono da casa ficou muito bravo e obrigou elas a voltarem. — A moça acrescentou, virando a cabeça para onde Sir George incentivava competidores na barraca de acertar cocos: — Mas agora... esta tarde, ele está sendo muito educado.

Poirot pensou em explicar que havia uma diferença entre jovens que invadiam o terreno e jovens que pagavam dois xelins e seis *pence* de entrada e recebiam permissão para aproveitar as delícias da Casa Nasse e de seu terreno — mesmo que fossem as mesmas jovens. No entanto, o Capitão Warburton e seu megafone avançaram sobre ele. O capitão parecia suado e incomodado.

— O senhor viu Lady Stubbs, Poirot? Alguém viu Lady Stubbs? Ela deveria julgar o desfile de fantasias e não consigo encontrá-la em lugar algum.

— Eu a vi, deixe-me pensar... há mais ou menos meia hora. Mas então fui ler minha sorte.

— Maldita seja — praguejou Warburton, com raiva. — Onde será que ela se meteu? As crianças estão esperando, e já estamos atrasados.

Ele olhou ao redor.

— Onde está Amanda Brewis?

Miss Brewis também não estava em lugar algum à vista.

— Isso é horrível — disse Warburton. — É necessária alguma ajuda para se fazer um espetáculo. *Onde* Hattie pode estar? Talvez ela tenha entrado na casa.

Ele se retirou, apressado.

Poirot se esgueirou em direção ao espaço isolado por cordas em que o chá estava sendo servido em uma grande tenda, mas havia uma longa fila e ele não queria esperar.

Inspecionou a barraca de itens sofisticados, onde uma senhora bastante determinada quase conseguiu vender-lhe porta-colarinhos de plástico, e por fim foi até um lugar onde poderia contemplar todas as atividades a uma distância segura.

Ele se perguntou onde estaria Mrs. Oliver.

O som de passos às suas costas o fez virar a cabeça. Um rapaz vinha do cais; um rapaz de pele escura, vestido impecavelmente com roupas de veleio. Ele parou, como se estivesse desconcertado pela cena adiante.

Então, falou de forma hesitante para Poirot:

— O senhor há de me perdoar. Mas esta é a casa de Sir George Stubbs?

— Sim, de fato. — Poirot fez uma pausa e então arriscou um palpite. — O senhor é, talvez, o primo de Lady Stubbs?

— Sou Etienne de Sousa...

— Meu nome é Hercule Poirot.

Eles se curvaram um para o outro. Poirot lhe explicou a questão da quermesse. Ao terminar, Sir George andou pelo gramado em direção a eles, vindo da barraca de derrubar cocos.

— De Sousa? É um prazer vê-lo. Hattie recebeu sua carta hoje de manhã. Onde está seu iate?

— Atracado em Helmmouth. Subi o rio até o cais em meu escaler.

— Temos que encontrar Hattie. Ela está em algum lugar... Espero que jante conosco hoje à noite.

— O senhor é muito gentil.

— Podemos mostrar-lhe seus aposentos?

— Também é uma enorme gentileza, mas vou dormir em meu iate. É mais fácil.

— Vai ficar aqui por muito tempo?

— Dois ou três dias, talvez. Depende. — De Sousa ergueu os ombros elegantes.

— Hattie ficará encantada, tenho certeza — disse Sir George, educadamente. — Onde ela *está*? Eu a vi não faz muito tempo.

Ele olhou ao redor, perplexo.

— Ela deveria estar julgando a competição de fantasias. Não consigo entender. Peço licença por um instante. Vou perguntar a Miss Brewis.

Sir George se afastou. De Sousa olhou para ele, e Poirot retornou o olhar.

— Já faz tempo que o senhor não vê sua prima? — perguntou o belga.

O outro deu de ombros.

— Não a vejo desde que tinha 15 anos. Logo depois disso, ela foi mandada para o exterior... para estudar em um convento na França. Quando criança, parecia que ia crescer e ter uma boa aparência.

Ele olhou de forma interrogativa para Poirot.

— Ela é uma mulher linda — respondeu o detetive.

— E aquele é o marido dela? Parece o que chamam de "bom sujeito", mas talvez não tão lapidado? Ainda assim, pode ter sido um pouco difícil para Hattie encontrar um marido adequado.

Poirot permaneceu com uma educada expressão indagadora no rosto. O outro riu.

— Ah, não é segredo algum. Aos 15 anos, Hattie não era mentalmente desenvolvida. Aparvalhada, não é assim que chamam? Continua a mesma?

— Ao que parece... sim — respondeu Poirot, com cuidado.

De Sousa deu de ombros.

— Ah, que seja! Por que alguém exigiria isso de uma mulher... que ela fosse inteligente? Não é necessário.

Sir George estava de volta, furioso. Miss Brewis o acompanhava, falando sem fôlego.

— Não faço ideia de onde ela pode estar, Sir George. Eu a vi pela última vez na tenda de leitura da sorte. Mas isso já faz ao menos vinte minutos ou meia hora. Ela não entrou na casa.

— Será possível que tenha ido ver o progresso da Caça ao Assassino de Mrs. Oliver? — perguntou Poirot.

A testa de Sir George deixou de ficar franzida.

— Provavelmente. Vejam bem, não posso abandonar a quermesse. Estou no comando do espetáculo. E Amanda está ocupadíssima. O *senhor* poderia dar uma olhada, Poirot? Já conhece o caminho.

Poirot, porém, não conhecia o caminho. No entanto, uma indagação a Miss Brewis lhe deu uma direção aproximada. A mulher logo se encarregou de De Sousa, e o detetive partiu, murmurando para si mesmo, como um encantamento:

— Quadra de tênis, jardim das camélias, extravagância, viveiro superior, garagem náutica...

Enquanto passava pela barraca de cocos, ficou impressionado ao notar Sir George oferecendo bolas de madeira com um sorriso ofuscante de boas-vindas para a mesma moça italiana que tinha expulsado naquela manhã, e que claramente estava confusa com essa mudança de atitude.

Ele seguiu para a quadra de tênis. Mas não havia ninguém lá além de um velho cavalheiro de aspecto militar que dormia profundamente em um banquinho com o chapéu cobrindo os olhos. Poirot refez os passos para a casa e foi até o jardim das camélias.

Lá, encontrou Mrs. Oliver vestida em um esplendor roxo, acomodada em um banco com um aspecto melancólico, bastante parecida com Mrs. Siddons. Ela acenou para que o detetive ocupasse o lugar a seu lado.

— Essa é apenas a segunda pista — sibilou ela. — Acho que fiz o jogo ser muito difícil. Ninguém apareceu ainda.

Naquele momento, um rapaz com um pomo de adão proeminente, de bermuda, entrou no jardim. Com um grito satisfeito, correu para uma árvore em um canto e, com outro grito satisfeito, anunciou a descoberta da próxima pista. Ao passar por eles, sentiu-se impelido a comunicar sua satisfação.

— Muita gente não sabe sobre os sobreiros — confidenciou ele. — Uma bela fotografia, a primeira pista, mas percebi o que era: parte de uma rede de tênis. Havia um frasco de veneno vazio e uma rolha. A maioria das pessoas vai seguir a pista do frasco... imagino que seja uma pista falsa. São muito delicados, os sobreiros, e difíceis de encontrar nessa parte do mundo. Eu me interesso por árvores e arbustos raros. *Agora*, para onde devo ir? É o que me pergunto.

Ele franziu a testa para o texto que estava no bloco de notas que carregava.

— Copiei a próxima pista, mas não parece fazer sentido. — Ele olhou para os dois com suspeita. — Vocês estão competindo?

— Ah, não — respondeu Mrs. Oliver. — Estamos apenas... observando.

— Certo... "Quando mulheres encantadoras se rendem à extravagância..." Tenho a impressão de que já ouvi isso antes.

— É uma citação muito famosa — disse Poirot.

— Uma extravagância também é um tipo de construção — acrescentou Mrs. Oliver, prestativa. Ela acrescentou: — Com... pilares brancos.

— *Exatamente!* Muito obrigado. Dizem que Mrs. Ariadne Oliver está aqui em algum lugar. Gostaria de pegar um autógrafo. Vocês, por acaso, a viram?

— Não — respondeu Mrs. Oliver, firme.

— Gostaria de conhecê-la. Ela escreve bem. — Ele baixou a voz. — Mas dizem que bebe até dizer chega.

O rapaz deu meia-volta, e Mrs. Oliver falou, indignada:

— Ora! Isso é muito injusto, eu só bebo limonada!

— E a senhora não cometeu uma grande injustiça ao ajudar aquele jovem a encontrar a próxima pista?

— Levando em consideração que ele foi a única pessoa que chegou até aqui, achei que deveria ser encorajado.

— Mas não quis dar a ele seu autógrafo.

— É diferente — rebateu Mrs. Oliver. — *Shhh!* Tem mais gente vindo.

No entanto, não eram participantes da Caça ao Assassino. Eram duas mulheres que, tendo pagado o valor do ingresso, estavam determinadas a fazer valer seu dinheiro, examinando cuidadosamente a propriedade.

Elas estavam com calor e insatisfeitas.

— Seria de se pensar que teriam *alguns* canteiros — disse uma à outra. — Só há árvores e mais árvores. Não é o que eu chamaria de *jardim*.

Mrs. Oliver cutucou Poirot e os dois partiram sem alarde.

— Vamos supor — comentou Mrs. Oliver, distraída — que *ninguém* encontre meu corpo.

— Paciência, madame, e coragem — falou Poirot. — A tarde está só começando.

— É verdade — concordou Mrs. Oliver, se animando. — E, depois das 16h30, o custo do ingresso cai pela metade, então provavelmente mais pessoas vão aparecer. Vamos ver o que aquela garota, Marlene, anda fazendo. Não confio muito nela, sabe? Não tem senso de responsabilidade. Não ficaria surpresa se ela escapasse de seus deveres sem chamar atenção e, em vez de ser o cadáver, fosse tomar chá. O senhor sabe como as pessoas são com chá.

Eles prosseguiram de forma amigável pelo caminho que cortava o bosque, e Poirot comentou sobre a geografia da propriedade.

— Eu a acho tão confusa — disse ele. — Tantos caminhos, e ninguém nunca sabe ao certo para onde vão levar. E árvores, árvores por toda a parte.

— O senhor parece aquela mulher insatisfeita que acabamos de deixar para trás.

Eles passaram pela extravagância e seguiram em ziguezague pelo caminho que levava ao rio. O contorno da garagem náutica ficou aparente lá embaixo.

Poirot comentou que seria constrangedor se os participantes da Caça ao Assassino fossem até a garagem náutica e encontrassem o corpo por acidente.

— Em uma espécie de atalho? Eu pensei nisso. Por esse motivo a última pista é só uma chave. É impossível abrir a porta sem ela. É uma fechadura Yale. Só é possível abrir a porta pelo lado de dentro.

Uma pequena encosta íngreme levava até a porta da garagem náutica que fora construída sobre o rio, com um pequeno embarcadouro e um local para armazenar os barcos embaixo. Mrs. Oliver pegou a chave de um bolso escondido entre as pregas da roupa roxa e destrancou a porta.

— Viemos animá-la um pouco, Marlene! — exclamou conforme entrava.

Mrs. Oliver sentiu um pouco de remorso por sua suspeita injusta sobre a lealdade de Marlene, pois a garota, artisticamente disposta como o cadáver, executava seu papel com nobreza, esparramada no chão perto da janela.

Marlene não respondeu. Permaneceu sem se mover. O vento, soprando de forma gentil pela janela aberta, espalhou uma pilha de revistas em quadrinho pela mesa.

— Tudo bem — disse Mrs. Oliver, sem paciência. — Somos apenas eu e o Monsieur Poirot. Ninguém chegou perto de adivinhar as pistas ainda.

Poirot estava com a testa franzida. Muito gentilmente, empurrou Mrs. Oliver para o lado e se curvou sobre a garota no chão. Um grito sufocado escapou de seus lábios. Ele olhou para Mrs. Oliver.

— Então... — falou o detetive. — Aquilo que a senhora esperava aconteceu.

— Quer dizer... — Os olhos de Mrs. Oliver se arregalaram de horror. Ela esticou a mão para pegar uma das cadeiras de palha e se sentou. — O senhor quer dizer... que ela está morta?

Poirot assentiu.

— Ah, sim — falou ele. — Está morta. Embora não faça muito tempo.

— Mas como...?

Ele levantou o canto do lenço de cores vívidas que envolvia a cabeça da garota, para que Mrs. Oliver pudesse ver as pontas da corda de varal.

— Exatamente como *meu* assassinato — disse Mrs. Oliver, abalada. — Mas *quem*? E *por quê*?

— Esta é a questão — afirmou Poirot.

Ele se absteve de acrescentar que aquelas também haviam sido as perguntas boladas por ela.

E as respostas talvez não fossem respostas, já que a vítima não era a primeira esposa iugoslava de um cientista nuclear, mas Marlene Tucker, uma moradora do vilarejo de 14 anos, que, até onde sabiam, não tinha um único inimigo no mundo.

Capítulo 7

O Inspetor-detetive Bland se sentou à escrivaninha no escritório. Sir George o recebeu no instante de sua chegada, levou-o até a garagem náutica e então retornou com o homem até Nasse. Na garagem náutica, uma equipe de fotógrafos trabalhava, e o legista e os homens responsáveis por coletar as impressões digitais haviam acabado de chegar.

— Este lugar servirá? — perguntou Sir George.

— Muito bem. Obrigado, senhor.

— O que devo fazer com a quermesse? Conto a eles o que aconteceu, interrompo-a ou o quê?

O Inspetor Bland considerou a pergunta por um ou dois segundos.

— O que fez até agora, Sir George? — indagou ele.

— Não dei um pio. Há um boato rondando por aí de que houve um acidente. Nada mais do que isso. Não acho que alguém suspeite ainda de que foi... hum... bem, um assassinato.

— Então deixe as coisas como estão por enquanto — falou Bland, decidido. — As notícias logo vão se espalhar, suponho. — Ele voltou a pensar por um ou dois segundos antes de perguntar: — Quantas pessoas o senhor acha que estão aqui?

— Algumas centenas, eu diria — respondeu Sir George —, com mais gente aparecendo a cada instante. — As pessoas parecem ter vindo de muito longe. Na verdade, a coisa toda está sendo um tremendo sucesso. Uma pena.

O Inspetor Bland inferiu corretamente que Sir George estava se referindo ao assassinato e não à quermesse.

— Algumas centenas — ponderou ele —, e qualquer uma delas poderia ter cometido o crime.

O inspetor suspirou.

— É complicado — disse Sir George, de forma simpática. — Mas não vejo que razão qualquer uma delas poderia ter tido. Tudo parece um tanto irreal... não sei quem iria querer assassinar uma garota como aquela.

— O que pode me dizer sobre ela? A menina era daqui mesmo, correto?

— Sim. A família mora em um dos chalés perto do cais. O pai trabalha em uma fazenda... a propriedade de Paterson, acredito. — Ele acrescentou: — A mãe está aqui na quermesse. Miss Brewis... esta é minha secretária, e pode contar para o senhor melhor do que eu... Miss Brewis retirou a mãe da menina da multidão e a colocou em algum lugar, oferecendo-lhe chá.

— Pois bem — falou o inspetor, aprovando. — As circunstâncias de tudo isso ainda não estão claras para mim, Sir George. O que a garota estava fazendo na garagem náutica? Pelo que entendi, estavam no meio de uma Caça ao Assassino... ou de Caça ao Tesouro.

Sir George assentiu.

— Sim. Todos pensamos que se tratava de uma ideia maravilhosa. Não parece tão boa agora. Acho que Miss Brewis pode explicar melhor do que eu. Devo mandá-la vir falar com o senhor? A não ser que tenha algo que queira saber antes.

— No momento, não, Sir George. Pode ser que tenha mais perguntas para lhe fazer depois. Há indivíduos que talvez eu queira ver. O senhor, Lady Stubbs e as pessoas que descobriram o corpo. Uma delas, até onde sei, é a romancista que criou essa Caça ao Assassino, como o senhor chama.

— Sim. Mrs. Oliver. Mrs. Ariadne Oliver.

As sobrancelhas do inspetor se ergueram de leve.

— Ah... ela! — exclamou Bland. — Uma autora e tanto. Eu mesmo já li diversos de seus livros.

— Mrs. Oliver está um pouco aflita no momento — informou Sir George —, o que é natural, suponho. Vou notificá-la de que o senhor quer vê-la, sim? Não sei onde minha esposa está. Ela parece ter desaparecido por completo. Em algum lugar entre as duzentas ou trezentas pessoas, suponho... não que vá lhe falar muita coisa. Quer dizer, sobre a garota ou qualquer coisa do tipo. Quem gostaria de ver primeiro?

— Acho que talvez sua secretária, Miss Brewis, e depois a mãe da garota.

Sir George assentiu e saiu do cômodo.

O oficial de polícia local, Robert Hoskins, abriu a porta para ele e a fechou quando o dono da casa se retirou. Então, se voluntariou a fazer um comentário sobre algumas das observações de Sir George.

— Falta alguma coisa — disse ele — na *caixola* de Lady Stubbs. — Ele bateu com a ponta do dedo na testa. — É por isso que ele disse que ela não seria de muita ajuda.

— Ele se casou com uma mulher daqui?

— Não. É meio estrangeira. Alguns dizem que tem a pele escura, mas eu mesmo não acho isso.

Bland assentiu. Ficou em silêncio por um instante, rabiscando com o lápis em uma folha de papel à sua frente. Então, fez uma pergunta que era claramente extraoficial.

— Quem a matou, Hoskins? — indagou ele.

Bland pensou que, se alguém teria alguma ideia do que estava acontecendo, essa pessoa seria o Oficial Hoskins. Hoskins era um homem de mente inquisitiva, com grande interesse em tudo e todos. Tinha uma esposa fofoqueira e isso, somado à sua posição como oficial de polícia local, proporcionava-lhe um bom estoque de informações de natureza pessoal.

— Alguém de fora, se quer saber minha opinião. Não seria alguém daqui. Os Tucker são gente fina. Uma família boa, respeitável. Nove ao todo. Duas das moças são casadas, um rapaz na Marinha, o outro servindo ao Exército, uma garota é cabeleireira em Torquay. Os três mais novos ainda estão em casa, dois meninos e uma menina. — Ele fez uma pausa, pensando. — Não dá para chamar nenhum deles de gênio, mas Mrs. Tucker mantém a casa arrumada... era a caçula de onze filhos. O pai mora na casa com eles.

Bland recebeu essas informações em silêncio. Desconsiderando o vocabulário particular de Hoskins, era um retrato da posição social e da reputação dos Tucker.

— É por isso que acho que foi alguém de fora — afirmou Hoskins. — Uma dessas pessoas hospedadas no albergue em Hoodown, provavelmente. Tem uns indivíduos bem esquisitos entre eles... com umas condutas muito suspeitas. O senhor ficaria surpreso com o que já vi fazerem no bosque, entre os arbustos! Cada coisa tão ruim quanto as que acontecem nos carros estacionados na Câmara dos Comuns.

O Oficial Hoskins era, àquela altura, um verdadeiro especialista no assunto de "condutas" sexuais. Elas formavam boa parte de suas conversas quando ele estava de folga, tomando cerveja no pub. Bland falou:

— Não acho que houve algo... bem, dessa natureza. O legista nos informará, é claro, assim que terminar o exame.

— Sim, senhor, isso vai depender dele, com certeza. Mas o que estou dizendo é que não dá para confiar nesses estrangeiros. Eles podem ficar bem desagradáveis em um instante.

O Inspetor Bland suspirou enquanto pensava que não era tão fácil assim. Era conveniente para o Oficial Hoskins colocar a culpa em "estrangeiros". A porta se abriu e o legista entrou.

— Fiz minha parte — comentou ele. — Devem levar a menina embora agora? As outras equipes já terminaram.

— O Sargento Cottrill vai cuidar disso — respondeu Bland.
— Então, doutor, o que descobriu?

— Mais simples e direto, impossível — disse o médico. — Nenhuma complicação. Estrangulada com uma corda de varal. Nada poderia ser mais fácil. Nenhuma luta de qualquer tipo. Eu diria que a garota não sabia o que estava acontecendo com ela até o momento crucial.

— Algum sinal de ataque?

— Nenhum. Nenhum ataque, sinal de estupro ou interferências de qualquer tipo.

— Então, presumivelmente, não foi um crime sexual, foi?

— Eu diria que não. — O legista acrescentou: — Ela não era uma garota particularmente atraente.

— O que ela achava de garotos?

Bland fez esta pergunta ao Oficial Hoskins, que respondeu:

— Acho que eles não prestavam muita atenção nela, embora, talvez, ela tivesse gostado se tivessem prestado.

— Talvez — concordou Bland.

Sua mente se voltou para a pilha de revistas em quadrinho na garagem náutica e os rabiscos ociosos nas margens das páginas. "Johnny gosta de Kate", "Georgie Porgie beija turistas no bosque". Ele considerou que havia um pensamento tendencioso ali. No geral, porém, parecia improvável haver uma abordagem sexual na morte de Marlene Tucker. É claro que, no entanto, nunca dava para saber com certeza... Havia sempre aqueles criminosos estranhos, homens com um desejo secreto de matar que se especializavam em mulheres jovens. Um deles poderia estar presente nessa parte do mundo durante a temporada de férias. Ele quase acreditava que *só poderia* ser o caso... pois, de outra forma, não conseguia ver razão para um crime tão sem sentido. Contudo, pensou, estava apenas no início. Seria melhor ver o que todas as pessoas teriam para lhe contar.

— E quanto à hora da morte? — questionou ele.

O legista deu uma olhada no relógio da parede e no próprio relógio de pulso.

— Agora são 17h30 — respondeu ele. — Digamos que a examinei às 17h20... Ela estava morta havia mais ou menos uma hora. É uma estimativa grosseira. Suponho que foi entre as dezesseis horas e 16h40. Vou informá-lo se surgir alguma coisa na autópsia. — Ele acrescentou: — Logo o senhor receberá o relatório apropriado, com as palavras difíceis. Vou indo agora. Tenho que ver outros pacientes.

Ele deixou o escritório, e o Inspetor Bland pediu para Hoskins trazer Miss Brewis. O inspetor se animou um pouco quando a secretária entrou no cômodo. Ali, ele reconheceu de imediato, havia eficiência. Sabia que receberia respostas claras às suas perguntas e horários definitivos, e não haveria confusão alguma.

— Mrs. Tucker está na sala de estar — disse Miss Brewis enquanto se sentava. — Dei-lhe a notícia e um pouco de chá. Ela está muito triste, é claro. Queria ver o corpo, mas lhe falei que era melhor não. Mr. Tucker sai do trabalho às dezoito horas e viria encontrar a esposa aqui. Pedi para que o procurassem e o trouxessem para cá quando chegasse. Os filhos mais novos ainda estão na quermesse, e alguém está cuidando deles.

— Excelente — falou o Inspetor Bland. — Acho que, antes de ver Mrs. Tucker, gostaria de ouvir o que a senhorita e Lady Stubbs têm a dizer.

— Não sei onde Lady Stubbs está — respondeu Miss Brewis, com acidez na voz. — Imagino que tenha se entediado com a quermesse e vagado para algum lugar, mas acho que não poderá lhe dizer mais do que eu. O que o senhor gostaria de saber exatamente?

— Primeiro, quero saber de todos os detalhes dessa Caça ao Assassino e de como essa garota, Marlene Tucker, acabou fazendo parte dela.

— Isso é fácil de responder.

De forma sucinta e clara, Miss Brewis explicou a ideia da brincadeira como uma atração da quermesse, o envolvimento de Mrs. Oliver, a famosa romancista, em sua organização e o conceito básico da trama.

— Originalmente — explicou Miss Brewis —, Mrs. Alec Legge faria o papel da vítima.

— Mrs. Alec Legge? — indagou o inspetor.

O Oficial Hoskins esclareceu.

— Ela e Mr. Legge estão no chalé dos Lawder, aquele rosa, perto do riacho do moinho. Chegaram um mês atrás, isso mesmo. Alugaram o lugar por dois ou três meses.

— Compreendo. E Mrs. Legge, segundo a senhorita, seria a vítima original? Por que isso mudou?

— Bem, certa noite, Mrs. Legge leu a sorte de todos. Ela foi tão boa nisso que decidimos que teríamos uma tenda de leitura da sorte como uma das atrações e que Mrs. Legge deveria colocar uma vestimenta apropriada e interpretar Madame Zuleika, lendo sortes por meia-coroa. Imagino que isso não seja ilegal, correto, inspetor? Quer dizer, esse tipo de coisa não está sempre presente nas quermesses?

O Inspetor Bland sorriu de leve.

— Leitura da sorte e rifas nem sempre são levadas a sério, Miss Brewis — disse ele. — De vez em quando, temos que... hum... usar alguém de exemplo.

— Mas, em geral, vocês são diplomáticos? Bem, foi assim que aconteceu. Mrs. Legge concordou em nos ajudar dessa maneira e tivemos que encontrar outra pessoa para ser o corpo. As bandeirantes locais estavam ajudando na quermesse, e acho que alguém sugeriu que uma delas se sairia muito bem.

— Quem exatamente fez essa sugestão, Miss Brewis?

— Ora, não sei bem... Acho que pode ter sido Mrs. Masterton, esposa do membro local do Parlamento. Não, talvez tenha sido do Capitão Warburton... Realmente não sei. Mas, de qualquer forma, *alguém* sugeriu.

— Há alguma razão para terem escolhido essa garota em particular?

— N-não, acho que não. Os pais são locatários na propriedade, e a mãe, Mrs. Tucker, às vezes vem para ajudar na cozinha. Não sei dizer por que nos decidimos por ela. É provável que seu nome tenha vindo à mente primeiro. Perguntamos a ela, que pareceu bastante contente em ser a vítima.

— Então, ela definitivamente queria fazer isso?

— Ah, sim, acho que ficou honrada. Era uma garota um tanto imbecil — afirmou Miss Brewis. — Não poderia ter *atuado* em um papel ou nada do tipo. Mas era algo muito simples, e ela sentiu que tinha sido escolhida entre as demais e ficou feliz com isso.

— O que exatamente ela precisava fazer?

— Ela tinha que ficar na garagem náutica. Quando ouvisse alguém se aproximando, deveria se deitar no chão, colocar a corda ao redor do pescoço e se fingir de morta.

O tom de voz de Miss Brewis era calmo e profissional. O fato de que a garota que deveria ter se fingido de morta houvesse sido encontrada morta de verdade não parecia, no momento, afetar suas emoções.

— É uma maneira um tanto maçante para uma garota passar a tarde quando poderia estar na quermesse — sugeriu o Inspetor Bland.

— Suponho que, de certa forma, sim — disse Miss Brewis —, mas não se pode ter tudo, não é? E Marlene gostou mesmo da ideia de ser o cadáver. Isso a fez se sentir importante. Ela tinha uma pilha de coisas para ler e mantê-la entretida.

— E tinha algo para comer também? — perguntou o inspetor. — Notei que havia uma travessa com um prato e um copo lá.

— Ah, sim, ela tinha um belo prato de bolo e suco de framboesa. Eu mesma levei a travessa para ela.

Bland olhou para a mulher de forma afiada.

— A senhorita levou a comida para ela? Quando?

— Mais ou menos no meio da tarde.
— A que horas, exatamente? Consegue se lembrar?

Miss Brewis pensou por um momento.

— Deixe-me ver. O desfile de fantasias das crianças começou com um pouco de atraso... ninguém conseguia encontrar Lady Stubbs, mas Mrs. Folliat assumiu seu lugar, então tudo bem... Sim, deve ter sido... estou quase certa... mais ou menos às 16h05 que peguei o bolo e o suco.

— E a senhorita levou a travessa até a garagem náutica. Que horas chegou lá?

— Ah, leva mais ou menos uns cinco minutos para andar até lá... deve ter sido às 16h15, eu diria.

— E, nesse horário, Marlene Tucker estava viva e bem?

— Sim, é claro — garantiu Miss Brewis. — E muito ansiosa para saber se as pessoas estavam avançando na Caça ao Assassino. Infelizmente, não soube lhe dizer. Estava ocupada demais com a quermesse, mas sabia que muitas pessoas tinham entrado na brincadeira. Vinte ou trinta, até onde sei. Mas provavelmente bem mais.

— Como estava Marlene quando a senhorita chegou à garagem náutica?

— Eu acabei de lhe contar.

— Não, não. Não foi isso que quis dizer. O que quero saber é se ela estava deitada no chão, fingindo-se de morta, quando a senhora abriu a porta.

— Ah, não — falou Miss Brewis —, porque gritei para avisar que estava chegando. Então, ela abriu a porta, e levei a travessa para dentro e coloquei em cima da mesa.

— Às 16h15 — disse Bland, colocando a informação no bloco de papel —, Marlene Tucker estava viva e bem. Decerto a senhorita entenderá, Miss Brewis, que este é um fato deveras importante. Tem certeza absoluta do horário?

— Não posso ter certeza absoluta porque não consultei meu relógio, mas tinha olhado para ele pouco tempo antes e isso é o mais próximo a que consigo chegar. — Ela acrescentou, com uma compreensão repentina do que o inspetor estava falando: — O senhor quer dizer que foi logo depois que...?

— Não pode ter sido muito tempo depois, Miss Brewis.

— Ah, céus!

Não era uma expressão adequada, mas, de qualquer forma, informava bem o suficiente a consternação e a preocupação de Miss Brewis.

— Agora, Miss Brewis, em seu caminho para a garagem náutica e de volta para Nasse, encontrou alguém ou viu alguma pessoa por perto?

Miss Brewis pensou por um momento.

— Não — respondeu ela. — Não vi ninguém. Poderia ter visto, claro, porque a propriedade está aberta a todos hoje à tarde. Mas, em geral, as pessoas têm a tendência de ficar no gramado, observando as atrações e tudo o mais. Elas gostam de dar uma olhada nas hortas e nas estufas, mas não vão tanto ao bosque quanto eu imaginava. As pessoas tendem a ficar juntas nesse tipo de evento, o senhor não acha, inspetor?

Ele respondeu que provavelmente sim.

— Embora, eu ache — disse Miss Brewis, tendo uma lembrança repentina — que *havia* alguém na extravagância.

— Na extravagância?

— Sim. Uma pequena construção branca, em formato de templo. Foi criada um ou dois anos atrás. Fica à direita do caminho para quem desce até a garagem náutica. Havia alguém lá. Um casal de enamorados, suspeito. Um deles riu e a outra pessoa disse: "Silêncio".

— A senhora não sabe quem era esse casal de enamorados?

— Não faço ideia. Do caminho, não dá para ver a frente da extravagância. As laterais e os fundos são fechados.

O inspetor pensou por um ou dois minutos, mas não lhe pareceu que o casal — quem quer que fosse — fosse relevante. Mas seria melhor descobrir quem eram, talvez, porque eles poderiam ter visto alguém subindo ou descendo o caminho para a garagem náutica.

— E não havia mais ninguém no caminho? Ninguém mesmo? — insistiu ele.

— Sei aonde o senhor quer chegar — falou Miss Brewis. — Só posso lhe dizer que não encontrei ninguém. Mas também, veja, não era necessário. Quer dizer, se houvesse alguém no caminho que não quisesse ser visto, seria a coisa mais simples do mundo escapar por um dos arbustos. O caminho é enfeitado em ambos os lados por rododendros. Se uma pessoa que não deveria estar lá ouvisse alguém vindo, poderia desaparecer em um instante.

O inspetor mudou de assunto.

— A senhorita sabe alguma coisa sobre essa menina que poderia nos ajudar? — perguntou.

— Não sei mesmo nada sobre ela — respondeu Miss Brewis. — Acho que nunca cheguei a conversar com a menina antes de tudo isso. Eu já a vi pela região... conheço-a de vista, mas só.

— E não sabe algo *sobre* ela... algo que possa ser útil?

— Não sei de razão alguma para que alguém pudesse querer matá-la — disse Miss Brewis. — Na verdade, me parece, se entende o que digo, um tanto impossível que tal coisa tenha acontecido. Só consigo pensar que, para uma mente desequilibrada, o fato de que ela seria a vítima de um assassinato induziu o desejo de transformá-la em uma vítima real. Mas até isso soa muito rebuscado e tolo.

Bland suspirou.

— Ah, bem — falou ele —, suponho que seja melhor ver a mãe agora.

Mrs. Tucker era uma mulher magra de rosto fino, cabelo loiro oleoso e um nariz pontudo. Os olhos estavam avermelhados de tanto chorar, mas parecia mais controlada agora, pronta para responder às perguntas do inspetor.

— Não parece certo acontecer uma coisa dessas — lamentou ela. — Você lê sobre isso nos jornais, mas acontecer com nossa Marlene...

— Eu sinto muitíssimo — falou o Inspetor Bland de forma gentil. — O que quero que faça é pensar bem e me dizer se há alguém que poderia ter qualquer razão para machucar sua filha.

— Já estava pensando nisso — respondeu Mrs. Tucker, com uma fungada repentina. — Não parei de pensar, mas não consigo chegar a lugar algum. Marlene discutia de vez em quando com a professora na escola, e vez ou outra brigava com uma das meninas ou dos meninos, mas nada sério. Não havia alguém que tivesse uma animosidade séria contra ela, ninguém que lhe faria mal.

— Marlene nunca falou com a senhora sobre alguém que poderia ser um tipo de inimigo?

— Ela falava bobagem com frequência, mas nada desse tipo. Era tudo maquiagem e penteados, e o que gostaria de fazer com o rosto e consigo mesma. O senhor sabe como as garotas são. Ela ainda era jovem demais para usar batom e toda essa porcaria, e o pai disse isso a ela, assim como eu. Mas era o que fazia sempre que conseguia algum dinheiro. Comprava perfumes e batons, e os escondia.

Bland assentiu. Não havia qualquer coisa ali que pudesse ajudá-lo. Uma adolescente um tanto boba com a cabeça cheia de estrelas de cinema e glamour — havia centenas de Marlenes por aí.

— O que o pai dela vai dizer, eu não sei — falou Mrs. Tucker. — Ele vai chegar a qualquer minuto, querendo se divertir. Tem uma mira excelente para os cocos, aquele homem. — Ela desabou de repente e começou a soluçar. — Se quer saber minha opinião, foi um daqueles estrangeiros terríveis do albergue. É impossível confiar neles. A maioria pode ser educada, mas o senhor não acreditaria nas roupas que usam. Camisas com estampas de garotas com biquínis, como chamam aquelas coisas. E todos tomando sol aqui e sem camisa... tudo isso traz problemas. É o que eu digo!

Ainda chorando, Mrs. Tucker foi acompanhada para fora pelo Oficial Hoskins. Bland refletiu que o veredito local parecia ser o ato confortável e provavelmente muito antigo de colocar a culpa de cada ocorrência trágica em estrangeiros indeterminados.

Capítulo 8

— Tem uma língua afiada, ela — comentou Hoskins ao retornar. — Importuna o marido e maltrata o pai idoso. Ouso dizer que já falou bruscamente com a garota uma ou duas vezes e agora está se sentindo mal. Não que as garotas deem atenção ao que as mães dizem. Entra por um ouvido e sai pelo outro.

O Inspetor Bland interrompeu essas reflexões gerais e mandou Hoskins trazer Mrs. Oliver.

O inspetor ficou um pouco surpreso ao ver a mulher. Não esperava nada tão volumoso, tão roxo e em tal estado de distúrbio emocional.

— Eu me sinto horrível — disse Mrs. Oliver, afundando na cadeira em frente a ele como um manjar roxo. — HORRÍVEL — repetiu, soando como se falasse em letras maiúsculas.

O inspetor fez alguns sons ambíguos, e Mrs. Oliver continuou:

— Porque, veja bem, o assassinato é *meu*. Eu a matei!

Por um momento de espanto, o Inspetor Bland achou que Mrs. Oliver estava confessando o crime.

— Por que eu quis que a esposa iugoslava do cientista nuclear fosse a vítima, eu não sei — continuou Mrs. Oliver, passando as mãos freneticamente pelo penteado elaborado, o que resultou em uma aparência um pouco embriagada. — Algo completamente asinino de minha parte. Poderia muito bem ter sido o jardineiro-assistente, que não era quem parecia ser... e não teria tanta importância assim, porque os homens conseguem cuidar de si mesmos, afinal. Se não são capazes de cuidar de si mesmos, deveriam ser, e, nesse caso, eu não teria me importado tanto. Homens são mortos e ninguém se importa... quer dizer, com exceção das esposas, das namoradas, dos filhos e de gente assim.

Nesse momento, o inspetor alimentou algumas suspeitas indignas sobre Mrs. Oliver. Isso foi auxiliado pela leve fragrância de conhaque que vinha em sua direção. Ao retornarem para a casa, Hercule Poirot administrara à amiga esse soberano remédio para os choques.

— Não sou maluca nem estou bêbada — falou Mrs. Oliver, adivinhando os pensamentos dele —, embora me atreva a dizer que o senhor provavelmente ache que sim, já que aquele homem que disse que bebo até dizer chega falou que todos pensam assim.

— Que homem? — perguntou o inspetor, a mente mudando da apresentação inesperada do jardineiro-assistente no drama para a introdução adicional de um homem qualquer.

— Sardas e sotaque de Yorkshire — informou Mrs. Oliver. — Mas, como mencionei, não estou bêbada nem sou louca. Estou apenas aflita. Bastante AFLITA — repetiu, mais uma vez recorrendo ao uso de letras maiúsculas.

— Tenho certeza, madame, de que deve ser muito angustiante — disse o inspetor.

— A pior coisa — continuou Mrs. Oliver — é que ela *queria* ser a vítima de um maníaco sexual, e agora suponho que seja... tenha sido... como devo dizer?

— Um maníaco sexual está fora de questão — assegurou o inspetor.

— É mesmo? — perguntou Mrs. Oliver. — Bem, graças a Deus. Ou sei lá. Talvez ela teria preferido que fosse assim. Mas, se não foi um maníaco sexual, por que alguém a matou, inspetor?

— Eu esperava que a senhora pudesse me ajudar nesse ponto.

Sem dúvida alguma, pensou Bland, Mrs. Oliver identificara um ponto crucial. Por que alguém mataria Marlene?

— Não posso ajudá-lo — disse a escritora. — Nem imagino quem possa ter feito isso. Ou melhor, é claro que consigo *imaginar*... consigo imaginar qualquer coisa! É um problema meu. Posso imaginar coisas agora... neste minuto. Elas até poderiam soar bem, mas, obviamente, não significa que seriam verdadeiras. Quer dizer, Marlene poderia ter sido assassinada por alguém que simplesmente gosta de matar meninas, mas isso é fácil demais... E, de qualquer forma, é muita coincidência que alguém que quisesse matar uma menina estivesse na quermesse. E como ele saberia que Marlene estava na garagem náutica? Ou ela poderia saber do caso amoroso secreto de alguém, ou talvez tenha visto uma pessoa enterrando um corpo durante a noite, ou quem sabe tenha reconhecido um indivíduo que estivesse escondendo sua identidade... ou pode ter descoberto um segredo sobre onde um tesouro foi enterrado durante a guerra. Ou o homem no escaler pode ter jogado alguém no rio e ela viu pela janela da garagem náutica... ou talvez tenha recebido uma importante mensagem em código secreto e não sabia o que era.

— Por favor!

O inspetor ergueu a mão, interrompendo-a. Sua cabeça estava zonza.

Mrs. Oliver obedeceu e parou. Estava claro que ela poderia ter seguido com aquilo por algum tempo, embora lhe parecesse que a mulher já tinha considerado todas as possibilidades, prováveis ou improváveis. Do rico material que lhe foi apresentado, ele se interessou por uma frase.

— O que quer dizer, Mrs. Oliver, com "o homem no escaler"? Está apenas imaginando esse homem?

— Alguém me disse que ele chegou em um escaler — informou Mrs. Oliver. — Não lembro quem. O homem de quem estávamos falando durante o café da manhã, quer dizer.

— Por favor. — O tom de voz do inspetor se tornou suplicante.

Ele não fazia ideia de como eram os escritores de histórias de detetive. Bland sabia que Mrs. Oliver tinha escrito mais ou menos quarenta livros. No momento, ficou impressionado por ela não ter escrito cento e quarenta. Ele logo lhe fez uma pergunta peremptória:

— O que *tem* esse homem do café da manhã que chegou em um escaler?

— Ele não chegou no escaler na hora do café — corrigiu Mrs. Oliver. — Veio em um iate. Quer dizer, não foi exatamente isso. Foi uma carta.

— Ora, qual desses foi? — indagou Bland. — Um iate ou uma carta?

— Uma carta — respondeu Mrs. Oliver — para Lady Stubbs. De um primo em um iate. E ela ficou apavorada.

— Apavorada? Com o quê?

— Com a vinda dele, suponho — falou Mrs. Oliver. — Todos puderam ver. Ela tinha medo do sujeito e não queria que ele viesse, e acho que é por isso que está escondida agora.

— Escondida?

— Bem, ela não está em lugar algum — argumentou Mrs. Oliver. — Estão todos procurando por ela. E *eu* acho que está escondida porque tem medo dele e não quer encontrá-lo.

— Quem *é* este homem? — questionou o inspetor.

— É melhor perguntar a Monsieur Poirot — aconselhou Mrs. Oliver. — Porque Poirot falou com ele, não eu. O nome dele é Esteban... não, não é, isso era da Caça ao Assassino. De Sousa, esse era o nome dele, Etienne de Sousa.

Mas outro nome tinha chamado a atenção do inspetor.

— De quem a senhora falou? — indagou ele. — Mr. Poirot?

— Sim. Hercule Poirot. Ele estava comigo quando encontramos o corpo.

— Hercule Poirot... agora me pergunto. Poderia ser o mesmo homem? Um belga baixinho com um bigode muito grande?

— Um bigode enorme — concordou Mrs. Oliver. — Sim. O senhor o conhece?

— Eu o conheci há muitos anos. Era um jovem sargento na época.

— O senhor o conheceu em um caso de assassinato?

— Sim. O que *ele* está fazendo aqui?

— Ele ia distribuir os prêmios — disse Mrs. Oliver.

Houve uma hesitação momentânea antes de ela dar essa resposta, que passou despercebida pelo inspetor.

— E estava com a senhora quando descobriu o corpo — falou Bland. — Hum, gostaria de conversar com ele.

— Devo chamá-lo?

Mrs. Oliver reuniu suas vestimentas roxas, cheia de esperança.

— Não há algo mais que possa acrescentar, madame? Nada que ache que talvez nos ajude de alguma maneira?

— Acho que não — falou Mrs. Oliver. — Não sei de nada. Como disse, posso imaginar razões...

O inspetor a interrompeu. Não tinha vontade alguma de ouvir as soluções imaginadas de Mrs. Oliver. Eram confusas demais.

— Muito obrigado, madame — disse ele, bruscamente. — Se puder pedir para Monsieur Poirot vir falar comigo, ficarei bastante agradecido.

Mrs. Oliver deixou o cômodo. O Oficial Hoskins perguntou com interesse:

— Quem é este Monsieur Poirot, senhor?

— Você provavelmente o descreveria como uma figura — comentou o Inspetor Bland. — Uma espécie de paródia teatral de um francês, mas é belga, na verdade. Porém, apesar das características absurdas, é inteligente. Deve estar em idade avançada agora.

— E quanto a esse De Sousa? — perguntou o oficial. — Acha que tem algo aí, senhor?

O Inspetor Bland não ouviu a pergunta. Pensava em um fato que, embora tivesse sido informado diversas vezes, só agora começava a ser registrado.

Primeiro, fora Sir George, irritado e alarmado: "Minha esposa parece ter desaparecido. Não consigo imaginar aonde possa ter ido". Então Miss Brewis, desdenhosa: "Ninguém conseguia encontrar Lady Stubbs. Ela ficou entediada com a quermesse". E agora Mrs. Oliver com sua teoria de que Lady Stubbs havia se escondido.

— Hã? O quê? — perguntou ele, distraído.

O Oficial Hoskins pigarreou.

— Queria saber, senhor, se acha que esse tal De Sousa está envolvido... quem quer que *ele* seja.

Estava claro que o Oficial Hoskins ficou feliz por ter um estrangeiro específico, e não estrangeiros indeterminados, introduzido no caso. Mas a mente do Inspetor Bland seguia por outra direção.

— Quero falar com Lady Stubbs — solicitou ele. — Encontre-a para mim. Se não estiver aqui, procure por ela.

Hoskins pareceu um pouco confuso, mas saiu do cômodo. No batente da porta, parou e recuou um pouco para permitir a entrada de Hercule Poirot. O oficial olhou para trás com algum interesse antes de fechar a porta.

— Suponho — disse Bland, levantando e estendendo a mão — que não se lembre de mim, Monsieur Poirot.

— Mas é claro que me lembro — declarou Poirot. — O senhor... me dê um instante, só um instante. O senhor é o jovem sargento... sim, o Sargento Bland, que conheci catorze... não, quinze anos atrás.

— Exatamente. Que memória a sua!

— Ora, já que se lembra de mim, por que não deveria me lembrar do senhor?

Seria difícil, pensou Bland, se esquecer de Hercule Poirot, e não apenas por razões elogiosas.

— Então, o senhor está aqui, Monsieur Poirot — disse ele. — Ajudando outra vez em um assassinato.

— Tem razão — falou Poirot. — Fui chamado para ajudar.

— Foi chamado para ajudar? — Bland parecia confuso.

Poirot logo respondeu:

— Quer dizer, fui chamado aqui para distribuir os prêmios dessa Caça ao Assassino.

— Foi o que Mrs. Oliver me contou.

— Ela não disse mais nada? — perguntou Poirot com um descuido aparente.

Ele estava ansioso para descobrir se Mrs. Oliver havia fornecido ao inspetor qualquer indício dos motivos reais que a levaram a insistir que Poirot fizesse uma viagem a Devon.

— Não disse mais nada? Ela não parou de falar. Cada motivo possível e impossível para o assassinato da menina. Me deixou tonto. Ufa! Que imaginação!

— Ela ganha a vida com sua imaginação, *mon ami* — disse Poirot, seco.

— Mrs. Oliver mencionou um homem chamado De Sousa... Ela imaginou isso?

— Não, é fato irrefutável.

— Havia algo sobre uma carta durante o café da manhã, um iate e um escaler subindo o rio. Não consegui entender mais nada.

Poirot deu início à explicação. Ele contou sobre a cena na mesa de café da manhã, a carta, a dor de cabeça de Lady Stubbs.

— Mrs. Oliver disse que Lady Stubbs estava assustada. O senhor também acha isso?

— Essa foi a impressão que eu tive.

— Ela teria medo desse primo? Por quê?

Poirot deu de ombros.

— Não faço ideia. Tudo que me disse foi que ele era mau... um homem mau. Ela é, o senhor compreende, um pouco simplória. Abaixo da normalidade.

— Sim, todos parecem saber disso por aqui. Ela não disse por que temia esse De Sousa?

— Não.

— Mas acha que o medo dela era real?

— Se não era, então ela é uma excelente atriz — respondeu Poirot, friamente.

— Estou começando a ter algumas ideias estranhas sobre esse caso — disse Bland. Ele se levantou e ficou andando para lá e para cá. — Creio que seja culpa daquela mulher maldita.

— De Mrs. Oliver?

— Sim. Ela colocou muitas ideias melodramáticas em minha cabeça.

— E o senhor acha que podem ser verdadeiras?

— Nem todas, é claro... mas uma ou duas talvez não sejam tão surpreendentes quanto pareceram. Tudo depende...

Ele parou de falar quando a porta se abriu para que o Oficial Hoskins pudesse entrar.

— Não consegui encontrar a dama, senhor — declarou. — Ela não está em lugar algum.

— Disso, eu já sei — falou Bland, irritado. — Eu mandei encontrá-la.

— O Sargento Farrell e o Oficial Lorimer estão procurando pela mulher na propriedade, senhor. — Hoskins acrescentou: — Ela não está na casa.

— Pergunte ao homem que está vendendo os ingressos no portão se ela saiu. Seja a pé ou de carro.

— Sim, senhor.

Hoskins se retirou.

— E descubra quando e onde ela foi vista pela última vez! — gritou Bland.

— Então, sua mente está pendendo para isso — disse Poirot.

— Não está pendendo para nada ainda — respondeu o inspetor —, mas acabei de perceber que a mulher que deveria estar nas imediações não está em canto algum! E quero saber por quê. Conte-me o que puder sobre esse tal De Sousa.

Poirot descreveu o encontro com o jovem que tinha vindo do cais.

— Ele provavelmente ainda está aqui, na quermesse — falou. — Devo dizer a Sir George que quer vê-lo?

— Por enquanto, não — disse Bland. — Gostaria de saber mais algumas coisas primeiro. Quando foi a última vez que o senhor viu Lady Stubbs?

Poirot tentou se lembrar, mas achou difícil rememorar os detalhes exatos. Ele se recordou de vislumbres vagos da figura alta, envolta em rosa e com um chapéu preto inclinado, andando pelo gramado e cumprimentando as pessoas, parando aqui e ali; ocasionalmente, ele escutara sua estranha gargalhada, distinta entre os outros sons confusos.

— Acho — comentou ele, em dúvida — que não deve ter sido muito antes das dezesseis horas.

— E onde e com quem ela estava?

— Estava no meio de um grupo de pessoas próximo à casa.

— Ela estava lá quando De Sousa chegou?

— Não me lembro. Acho que não; eu, ao menos, não a vi. Sir George disse a De Sousa que sua esposa estava em algum lugar. Ele parecia surpreso, eu me lembro, de ela não estar julgando o desfile de fantasia das crianças, como deveria ter feito.

— Que horas eram quando De Sousa chegou?

— Deviam ser 16h30, acho. Não consultei o relógio, então não posso dizer com exatidão.

— E Lady Stubbs tinha desaparecido antes de ele chegar?

— Ao que parece, sim.

— É provável que tenha fugido para não encontrar o primo — sugeriu o inspetor.

— É provável — concordou Poirot.

— Bem, ela não pode ter ido muito longe — disse Bland. — Devemos conseguir encontrá-la facilmente, e quando isso acontecer... — Sua voz foi sumindo.

— Mas suponhamos que não a encontrem. — Poirot fez a sugestão com uma entonação curiosa na voz.

— Mas que absurdo! — exclamou o inspetor. — Por quê? O que acha que aconteceu com ela?

Poirot deu de ombros.

— Exatamente! É impossível saber. Tudo que sabemos é que ela... desapareceu!

— Por Deus, Monsieur Poirot, o senhor está fazendo isso soar um tanto sinistro.

— Talvez *seja* sinistro.

— É o assassinato de Marlene Tucker que estamos investigando — falou o inspetor, severo.

— Evidentemente. Então... por que esse interesse em De Sousa? Acha que ele matou Marlene Tucker?

O Inspetor Bland repetiu, de maneira irrelevante:

— Foi aquela mulher.

Poirot deu um leve sorriso.

— O senhor está falando de Mrs. Oliver?

— Sim. Veja bem, Monsieur Poirot, o assassinato de Marlene Tucker não faz sentido. Não faz sentido algum. Uma criança desinteressante, um tanto idiota, que foi encontrada estrangulada sem qualquer indício de motivo plausível.

— E Mrs. Oliver providenciou um motivo para o senhor?

— Doze motivos, pelo menos! Entre eles, ela sugeriu que Marlene poderia saber de algum caso amoroso, ou que poderia ter testemunhado alguém sendo morto, ou que sabia onde um tesouro havia sido enterrado, ou que poderia ter visto, pela janela da garagem náutica, De Sousa fazendo alguma coisa em seu escaler enquanto subia o rio.

— Ah. E qual destas teorias o atrai mais, *mon cher*?

— Não sei. Mas não posso deixar de levá-las em consideração. Escute, Monsieur Poirot. Pense com cuidado. O senhor diria, da impressão que teve ao falar com Lady Stubbs de manhã, que ela temia a chegada do primo porque ele poderia saber, talvez, de algo que ela não queria que chegasse aos ouvidos do marido? Ou diria que era um medo pessoal e direto do próprio homem em si?

Poirot deu sua resposta sem hesitar:

— Eu diria que era um medo pessoal e direto do próprio homem.

— Hum... Bem, é melhor eu ter uma conversinha com esse jovem se ele ainda estiver por aqui.

Capítulo 9

I

Embora não tivesse um pingo do preconceito arraigado do Oficial Hoskins contra estrangeiros, o Inspetor Bland antipatizou imediatamente com Etienne de Sousa. A elegância refinada do jovem, a indumentária perfeita, o perfume vívido de flores do cabelo com brilhantina, tudo combinava para incomodar o inspetor.

De Sousa era convencido demais, calmo demais. Ele também exibia uma diversão indiferente, decorosamente dissimulada.

— É preciso admitir — disse ele — que a vida é cheia de surpresas. Chego aqui durante um cruzeiro de férias, admiro o belo cenário local, venho passar uma tarde com minha prima mais nova que não vejo há anos... e o que acontece? Primeiro, sou engolido por uma espécie de festa com cocos voando acima de minha cabeça e logo depois, passando da comédia para a tragédia, sou envolvido em um assassinato. — Ele acendeu um cigarro, tragou profundamente e acrescentou: — Não que esse assassinato me diga respeito de qualquer maneira. Na verdade, não entendo por que o senhor quer me interrogar.

— O senhor chegou aqui como um estranho, Mr. De Sousa...

De Sousa o interrompeu:

— E estranhos são necessariamente suspeitos, é isso?

— Não, não, de forma alguma, senhor. Não, o senhor não entendeu. Seu iate, segundo me consta, está ancorado em Helmmouth?

— Sim, correto.

— E o senhor subiu o rio esta tarde em um escaler a motor?

— Correto novamente.

— Enquanto subia o rio, notou à direita uma pequena garagem náutica projetando-se para o rio com um telhado de palha e um cais embaixo?

De Sousa inclinou sua bela cabeça escura para trás e franziu a testa conforme refletia.

— Deixe-me ver, havia um riacho e uma construçãozinha cinza revestida de azulejos.

— Mais acima do rio, Mr. De Sousa. Entre as árvores.

— Ah, sim, lembro-me agora. Um lugar muito pitoresco. Não sabia que Nasse contava com uma garagem náutica. Se soubesse, teria atracado meu barco lá e desembarcado. Quando pedi informações, disseram-me para ir até a balsa e desembarcar no cais de lá.

— Compreendo. E foi o que o senhor fez?

— Foi o que fiz.

— O senhor não desembarcou na garagem náutica ou perto dela?

De Sousa balançou a cabeça.

— Viu alguém na garagem náutica enquanto vinha até Nasse?

— Ver alguém? Não. Deveria ter visto?

— Era apenas uma possibilidade. Veja, Mr. De Sousa, a garota assassinada estava na garagem esta tarde. Ela foi morta lá, e tudo deve ter acontecido mais ou menos na mesma hora em que o senhor estava passando.

Mais uma vez, De Sousa ergueu as sobrancelhas.

— Acha que posso ter sido testemunha do assassinato?

— O homicídio aconteceu dentro da garagem náutica, mas o senhor poderia ter visto a menina... ela poderia ter olhado pela janela ou saído para o terraço. Se o senhor a tivesse visto, isso nos ajudaria ao menos a determinar a hora da morte. Se, no momento em que estivesse passando, ela ainda estivesse viva...

— Ah. Entendi. Sim, entendi. Mas por que perguntar particularmente a *mim*? Vários barcos sobem e descem o rio, vindos de Helmmouth. Vapores a passeio. Passam por aqui o tempo todo. Por que não perguntar a eles?

— Vamos perguntar a eles — afirmou o inspetor. — Não se preocupe, vamos perguntar a eles. Devo presumir, então, que não viu nada de estranho na garagem náutica?

— Não vi absolutamente nada. Não havia qualquer coisa que indicasse que o lugar estivesse habitado. Claro que não olhei com atenção e não passei muito perto. Alguém poderia ter olhado pela janela, como sugere, mas, se foi o caso, não vi a pessoa. — Ele acrescentou em um tom educado: — Sinto muito por não poder ajudá-lo.

— Ah, bem — disse o Inspetor Bland, de forma amigável —, já esperávamos por isso. Mas há algumas outras coisas que eu gostaria de saber, Mr. De Sousa.

— Pois não?

— O senhor veio sozinho ou amigos o acompanhavam nesse passeio?

— Tinha amigos comigo até bem recentemente, mas passei os últimos três dias sozinho... com a tripulação, é claro.

— E qual é o nome de seu iate, Mr. De Sousa?

— *Espérance*.

— Lady Stubbs é, até onde entendo, uma prima sua, não? De Sousa deu de ombros.

— Uma prima distante. Não somos próximos. Nas ilhas, o senhor deve compreender, há muitos casamentos consanguíneos. Somos todos primos uns dos outros. Hattie é minha prima de segundo ou terceiro grau. Não a vejo desde que era praticamente uma menina, tinha 14 ou 15 anos.

— E o senhor pensou em lhe fazer uma visita surpresa hoje?

— Não uma visita *surpresa*, inspetor. Já havia escrito a ela.

— Sei que Lady Stubbs recebeu uma carta sua hoje de manhã, mas foi uma surpresa para ela que o senhor estivesse no país.

— Ah, mas o senhor se engana, inspetor. Escrevi para minha prima... vejamos, três semanas atrás. Escrevi para ela da França, pouco antes de entrar neste país.

O inspetor se surpreendeu.

— O senhor escreveu para ela da França dizendo-lhe que pretendia visitá-la?

— Sim. Disse que estava fazendo uma viagem com meu iate e que provavelmente chegaríamos em Torquay ou Helmmouth mais ou menos nessa data, e que eu a informaria depois a data exata em que deveria chegar.

O Inspetor Bland o encarou. Essa declaração diferia por completo das informações que ele recebera sobre a chegada da carta de Etienne de Sousa na mesa do café da manhã. Mais de uma testemunha afirmou que Lady Stubbs havia ficado alarmada, transtornada e muito claramente surpresa com o conteúdo da mensagem. De Sousa respondeu ao seu olhar com calma. Ele limpou um fragmento de poeira do joelho com um sorrisinho.

— Lady Stubbs respondeu à sua primeira carta? — indagou o inspetor.

De Sousa hesitou por um ou dois segundos antes de falar qualquer coisa, então disse:

— É difícil lembrar... Não, acho que não. Mas não era necessário. Eu estava viajando, não tinha endereço fixo. E, além disso, não imagino que minha prima Hattie seja boa em escrever cartas. — Ele acrescentou: — Ela não é, o senhor sabe, muito inteligente, embora seja de meu entendimento que cresceu e se tornou uma belíssima mulher.

— O senhor ainda não a viu? — Bland entoou a frase como uma pergunta, e De Sousa mostrou os dentes em um sorriso agradável.

— Ela parece estar inexplicavelmente desaparecida — disse ele. — Sem dúvida essa *espèce de gala* a entedia.

Escolhendo as palavras com cuidado, o Inspetor Bland falou:

— O senhor tem alguma razão para acreditar, Mr. De Sousa, que sua prima tenha algum motivo para querer evitá-lo?

— Hattie, querer me evitar? Ora, não vejo por quê. Que razões ela poderia ter?

— É exatamente o que estou perguntando, Mr. De Sousa.

— O senhor acha que Hattie se ausentou da quermesse para me evitar? Que ideia absurda.

— Ela não tem razões, até onde sabemos, para... digamos... sentir medo do senhor de alguma maneira?

— Medo... de *mim*? — O tom de voz de De Sousa era cético e bem-humorado. — Se me dá licença para dizer, inspetor, essa é uma ideia fantasiosa!

— Seu relacionamento com ela sempre foi amigável?

— É como lhe falei: não tenho um relacionamento com ela. Não a vejo desde que ela era uma garota de 14 anos.

— Ainda assim, procurou por ela quando veio à Inglaterra.

— Ah, quanto a isso, vi uma nota sobre Hattie na coluna social de um jornal. Mencionava seu nome de solteira e que ela era casada com um inglês rico, então pensei: "Acho melhor ver o que a pequena Hattie se tornou. Se seu cérebro funciona melhor agora do que antigamente". — Ele deu de ombros outra vez. — Era apenas uma cortesia entre primos. Uma leve curiosidade... e nada mais.

O inspetor encarou De Sousa novamente. O que, ele se perguntou, acontecia por trás daquela fachada zombeteira e tranquila? Ele assumiu um tom mais confidencial.

— Gostaria de saber se o senhor poderia me contar um pouco mais sobre sua prima. A personalidade dela, as reações?

De Sousa pareceu educadamente surpreso.

— Ora... isso tem algo a ver com o assassinato da garota na garagem náutica, que, até onde entendo, é o verdadeiro assunto que o ocupa?

— Pode haver uma conexão — respondeu o Inspetor Bland.

Em silêncio, De Sousa o analisou por um ou dois segundos. Então, disse, com um leve dar de ombros:

— Nunca conheci minha prima muito bem. Ela fazia parte de uma família enorme e jamais foi de grande interesse para mim. Mas, em resposta à sua pergunta, eu diria que, apesar de mentalmente fraca, ela não tem, até onde sei, tendências homicidas.

— Ora, Mr. De Sousa, eu não estava sugerindo isso!

— Não? É o que me pergunto. Não vejo outra razão para sua pergunta. Não, a não ser que Hattie tenha mudado muito, ela não é homicida! — Ele se levantou. — Tenho certeza de que não tem mais perguntas, inspetor. Posso apenas desejar-lhe sucesso em sua busca pelo assassino.

— O senhor está pensando em permanecer em Helmmouth por um ou dois dias, Mr. De Sousa?

— O senhor fala com bastante educação, inspetor. É uma ordem?

— Apenas um pedido, senhor.

— Obrigado. Proponho permanecer em Helmmouth por dois dias. Sir George foi muito gentil e me convidou para ficar na casa, mas prefiro o *Espérance*. Se quiser me fazer mais perguntas, é lá que me encontrará.

Ele fez uma mesura cortês.

O Oficial Hoskins abriu a porta para De Sousa, que saiu do cômodo.

— Que sujeitinho convencido — murmurou o inspetor para si mesmo.

— É — disse o Oficial Hoskins, de completo acordo.

— Digamos que ela *seja* homicida. Por que atacaria uma garota qualquer? Não há sentido nisso.

— Não dá para saber com esses aparvalhados — disse Hoskins.

— A verdadeira questão é: o quanto ela é aparvalhada?

Hoskins balançou a cabeça sabiamente.

— Tem um Q.I. baixo, acho.

O inspetor olhou incomodado para o oficial de polícia.

— Não fique repetindo esses termos modernos feito um papagaio. Não me importo se ela tem um Q.I. alto ou baixo. Tudo que me importa é saber se ela é o tipo de mulher que acharia engraçado, ou desejável, ou necessário colocar uma corda ao redor do pescoço de uma menina e estrangulá-la. E onde raios *está* essa mulher? Vá lá fora ver como Frank está se saindo.

Hoskins saiu do escritório obedientemente e retornou um ou dois segundos depois com o Sargento Cottrell, um jovem vigoroso, que tinha uma boa opinião sobre si mesmo e que sempre conseguia irritar seu superior. O Inspetor Bland preferia a sabedoria campestre de Hoskins à atitude esperta e sabichona de Frank Cottrell.

— Ainda estamos vasculhando a propriedade, senhor — informou o sargento. — Lady Stubbs não passou pelo portão, disso temos quase certeza. Quem está vendendo os ingressos e coletando o dinheiro é o jardineiro-assistente. Ele jura que a patroa não saiu.

— Suponho que existam outras maneiras de sair além do portão, não?

— Ah, sim, senhor. Tem o caminho que leva para a balsa, mas o senhor que está lá... Merdell é o nome dele... também tem quase certeza de que ela não saiu por lá. O homem deve ter uns 100 anos, mas acho que é bastante confiável. Descreveu muito claramente como o cavalheiro estrangeiro chegou em seu escaler e lhe perguntou em que direção ficava a Casa Nasse. O velho respondeu que ele deveria subir a estrada até o portão e pagar para entrar. Mas ele disse que o cavalheiro não parecia saber sobre a quermesse e falou que era um parente da família. Então, o velho indicou o caminho que ia da balsa e atravessava o bosque. Merdell parece ter passado a tarde inteira no cais, então teria certeza se tivesse visto Lady Stubbs caso ela tivesse seguido aquele caminho. Há também o portão que leva ao terreno do Parque Hoodown, mas este foi fechado com arame farpado, por causa dos invasores, de forma que ela não passou por lá. Assim, parece que a mulher ainda está aqui, não é?

— Talvez, sim — disse o inspetor —, mas não há nada que a impeça de pular a cerca e seguir pelos campos, há? É de meu entendimento que Sir George ainda está reclamando dos invasores que vêm do albergue aqui ao lado. Se é possível entrar da maneira que os invasores entram, também é possível sair, suponho.

— Ah, sim, senhor. Sem dúvida, senhor. Mas falei com a empregada. Ela está usando — Cottrell consultou o bloco de notas na mão — um vestido rosa de crepe-georgete... o que quer que seja isso... um chapéu preto grande e sapatos de salto alto de dez centímetros, também pretos. Não é o tipo de roupa que se usaria para dar um passeio no campo.

— Ela não mudou de roupa?

— Não. Perguntei à empregada. Não há nada desaparecido... absolutamente nada. Ela não fez uma mala ou algo do tipo. Nem mesmo mudou de sapato. Todos os pares estão lá.

O Inspetor Bland franziu a testa. Possibilidades desagradáveis surgiam em sua mente. Ele logo falou:

— Chame aquela secretária de novo... Bruce... ou qualquer que seja seu nome.

II

Miss Brewis entrou parecendo um tanto mais agitada do que o normal e um pouco sem fôlego.

— Pois não, inspetor? — disse ela. — Queria falar comigo? Se não for urgente, Sir George está um pouco nervoso e...

— Por que ele está nervoso?

— Acabou de perceber que Lady Stubbs está... bem, desaparecida. Disse-lhe que ela provavelmente foi apenas dar uma caminhada no bosque ou algo assim, mas ele meteu na cabeça que algo aconteceu com ela. Um *absurdo*.

— Talvez não seja tão absurdo assim, Miss Brewis. Afinal, já tivemos um... assassinato aqui esta tarde.

— O senhor com certeza não acha que Lady Stubbs...? Mas isso é ridículo! Lady Stubbs pode se cuidar muito bem sozinha.

— Pode?

— É claro que sim! Ela é uma mulher adulta, não é?

— Mas uma mulher um tanto indefesa, segundo o relato de todos.

— Bobagem — comentou Miss Brewis. — Convém a Lady Stubbs bancar a idiota indefesa vez ou outra, quando não quer fazer nada. Ouso dizer que ela convence o marido, mas não *me* convence!

— A senhorita não gosta muito dela, não é, Miss Brewis? — Bland soou interessado.

Os lábios de Miss Brewis se apertaram, formando uma linha fina.

— Não é minha função gostar ou desgostar dela — respondeu a mulher.

A porta se escancarou e Sir George entrou.

— Olhe aqui — disse ele, violentamente —, você precisa fazer alguma coisa. Onde está Hattie? Precisa encontrar Hattie. Não sei o que raios está acontecendo aqui. Essa maldita quermesse... algum maníaco homicida infeliz entrou aqui, pagou sua meia-coroa e, sem se destacar na multidão, passou a tarde por aí, assassinando pessoas. É isso que parece para mim.

— Não acho necessário ter uma visão tão exagerada quanto esta, Sir George.

— Está tudo muito bem para você, sentado atrás da mesa, anotando coisas. O que quero é minha esposa.

— Estamos procurando em toda a propriedade, Sir George.

— Por que ninguém me informou que ela havia desaparecido? Pelo visto, isso aconteceu algumas horas atrás. Achei estranho ela não aparecer para julgar o desfile de fantasias, mas ninguém me disse que ela havia desaparecido.

— Ninguém sabia — falou o inspetor.

— Bem, alguém deveria saber. Alguém deveria ter notado.

Ele se virou para Miss Brewis.

— Você deveria saber, Amanda. Estava de olho em tudo.

— Não posso estar em todos os lugares — argumentou Miss Brewis. De repente, ela parecia quase à beira das lágrimas. — Era muita coisa para supervisionar. Se Lady Stubbs escolheu se afastar...

— Se afastar? Por que ela se afastaria? Não há motivos para se afastar, a não ser que quisesse evitar aquele espanhol.

Bland aproveitou a oportunidade.

— Tem algo que gostaria de perguntar — falou ele. — Sua esposa recebeu uma carta de Mr. De Sousa três semanas atrás, comunicando que estava vindo para esse país?

Sir George pareceu atônito.

— Não, claro que não.

— Tem certeza disso?

— Ah, tenho. Hattie teria me contado. Ora, ela ficou bastante surpresa e chateada quando recebeu a carta dele hoje de manhã. De certa forma, aquilo a derrubou. Ela ficou a maior parte da manhã deitada com dor de cabeça.

— Ela disse algo ao senhor em particular sobre a visita do primo? Por que temia tanto vê-lo?

Sir George pareceu um tanto constrangido.

— Ah, se ao menos eu soubesse — falou ele. — Ela só ficava repetindo que ele era mau.

— Mau? De que maneira?

— Ela não se aprofundou no assunto. Só dizia, como uma criança, que ele era um homem mau, ruim; e que ela gostaria que ele não estivesse vindo. Ela disse que ele fez coisas ruins.

· A EXTRAVAGÂNCIA DO MORTO ·

— Coisas ruins? Quando?

— Ah, há muito tempo. Imagino que esse tal de Etienne de Sousa seja a pessoa ruim da família, e que Hattie ficou sabendo de detalhes sobre ele durante sua infância, sem compreendê-los muito bem. E, como resultado, ela tem certo horror a ele. Eu mesmo achei que era apenas um mal-estar infantil. Minha esposa *é* um tanto infantil, às vezes. Tem gostos e desgostos, mas não consegue explicá-los.

— Tem certeza de que ela não entrou em algum detalhe específico, Sir George?

Sir George pareceu incomodado.

— Eu não daria ouvidos ao que... hum... ela falou.

— Então ela falou alguma coisa?

— Pois bem. Vou contar. O que ela falou... e repetiu diversas vezes... foi: "Ele mata pessoas".

Capítulo 10

I

— "Ele mata pessoas" — repetiu o Inspetor Bland.
— Não acho que deve levá-la muito a sério — aconselhou Sir George. — Ela ficava repetindo isso, dizendo "ele mata pessoas", mas não conseguia me dizer quem ele havia matado, ou quando, ou por quê. Achei que era apenas alguma memória infantil estranha... problemas com os nativos... algo dessa natureza.

— O senhor alega que ela não conseguia lhe falar algo definitivo... mas realmente quis dizer *conseguia*, Sir George... ou talvez que ela não *queria* lhe dizer?

— Não acho que... — Sua voz se perdeu. — Não sei. O senhor me deixou confuso. Como falou, não levei nada disso a sério. Achei que talvez esse primo tivesse implicado um bocado com ela quando era criança... algo assim. É difícil explicar para o senhor, porque não conhece minha esposa. Sou dedicado a ela, mas, na maior parte do tempo, não escuto o que diz porque não faz sentido. De qualquer forma, esse tal De Sousa não pode ter tido nada a ver com tudo isso... não me diga que ele chegou aqui de iate, passou direto pelo bosque e matou aquela infeliz bandeirante na garagem náutica! Por que faria isso?

— Não estou sugerindo que nada disso aconteceu — falou o Inspetor Bland —, mas deve ter percebido, Sir George, que, ao procurar pelo assassino de Marlene Tucker, o campo é mais restrito do que poderia se pensar inicialmente.

— Restrito! — Sir George o encarou. — Você tem todos na maldita quermesse para escolher, não? Duzentas, trezentas pessoas? Qualquer uma delas poderia ter cometido o crime.

— Sim, também pensei isso a princípio, mas com os fatos que apurei, não é bem assim. A garagem náutica tem uma fechadura Yale. Ninguém poderia ter entrado lá sem a chave.

— Bem, há três chaves.

— Exatamente. Uma delas é a pista derradeira na Caça ao Assassino. Ainda está escondida no canteiro das hortênsias lá em cima do jardim. A segunda chave está com Mrs. Oliver, a organizadora da brincadeira. Onde está a terceira chave, Sir George?

— Deve estar na gaveta da escrivaninha à qual está sentado. Não, a gaveta direita com diversas outras duplicatas da casa.

Ele se aproximou e vasculhou a gaveta.

— Sim. Está aqui.

— Então, veja — falou o Inspetor Bland —, o que isso significa? As únicas pessoas que poderiam ter entrado na garagem náutica eram, em primeiro lugar, aquelas que completaram a Caça ao Assassino e encontraram a chave... o que, até onde sabemos, não aconteceu. Em segundo lugar, Mrs. Oliver ou alguém da casa a quem ela poderia ter emprestado a chave; e, em terceiro lugar, alguém que *a própria Marlene deixou entrar.*

— Bem, isso abrange praticamente todo mundo, não?

— Muito pelo contrário — disse o Inspetor Bland. — Se entendi a questão da Caça ao Assassino corretamente, quando a garota ouvisse alguém se aproximando da porta, deveria se deitar e atuar como a vítima, esperando para ser descoberta pelo indivíduo que tivesse encontrado a última pista: a chave. Assim, como o senhor mesmo deve ver, as únicas pessoas que ela teria deixado entrar, se a tivessem chamado do lado de fora e pedido para que Marlene o fizesse, *eram as pessoas que organizaram a brincadeira*. Qualquer um dessa casa... ou seja, o senhor, Lady Stubbs, Miss Brewis, Mrs. Oliver... possivelmente até Monsieur Poirot, que, acredito, ela conhecera de manhã. Quem mais, Sir George?

Ele pensou por um ou dois instantes.

— Os Legge, é claro — disse Sir George. — Alec e Sally Legge. Participaram da organização. E Michael Weyman, ele é um arquiteto que está hospedado na casa para planejar um pavilhão para a quadra de tênis. E Warburton, os Masterton... ah, e Mrs. Folliat.

— São só esses... não há mais ninguém?

— São só esses.

— Então, o senhor percebe, Sir George, que não é um campo muito amplo.

O rosto do homem ficou vermelho.

— Acho que não está falando coisa com coisa... coisa com coisa! Está sugerindo que... o que está sugerindo?

— Sugiro apenas — disse o Inspetor Bland — que não sabemos de muita coisa ainda. É possível, por exemplo, que Marlene, por alguma razão, tenha *saído* da garagem náutica. Ela pode muito bem ter sido estrangulada em outro lugar, e seu cadáver, trazido de volta e colocado no chão. Mas, mesmo nesse caso, quem quer que tenha feito isso era, novamente, alguém que conhecia bem todos os detalhes da Caça ao Assassino. Sempre voltamos a esse ponto. — Ele acrescentou, com a voz um pouco diferente: — Asseguro-lhe, Sir George, que estamos fazendo o possível para encontrar Lady Stubbs. Enquanto isso, gostaria de ter uma palavrinha com Mr. e Mrs. Alec Legge e Mr. Michael Weyman.

— Amanda.

— Verei o que posso fazer, inspetor — disse Miss Brewis. — Imagino que Mrs. Legge ainda esteja lendo sortes na tenda.

Muitas pessoas entraram com o preço de meia-coroa desde as dezessete horas, e todas as atrações estão cheias. Provavelmente, posso conseguir chamar Mr. Legge ou Mr. Weyman para o senhor... dependendo de qual deles quer ver primeiro.

— A ordem não importa — assegurou o Inspetor Bland.

Miss Brewis assentiu e deixou o cômodo. Sir George a seguiu, a voz se erguendo melancolicamente:

— Veja bem, Amanda, você precisa...

O Inspetor Bland notou que Sir George dependia um bocado da eficiente Miss Brewis. De fato, naquele momento, achou que o dono da casa soava como um garotinho.

Enquanto esperava, o Inspetor Bland pegou o telefone, solicitou que fosse colocado em contato com a delegacia de Helmmouth e fez certos arranjos com os policiais em relação ao iate *Espérance*.

— Você percebe, é claro — disse ele a Hoskins, que era um tanto incapaz de perceber qualquer coisa naquele sentido —, que há um lugar perfeitamente possível onde essa maldita mulher pode estar: a bordo do iate de De Sousa.

— Por que acha isso, senhor?

— Bem, a mulher não parece ter deixado o terreno por nenhuma das saídas habituais, está vestida de maneira que torna improvável que esteja caminhando pelo campo ou pelo bosque, mas *pode* ter encontrado De Sousa na garagem náutica e é possível que ele a tenha levado de escaler até o iate, retornando para a quermesse depois.

— E por que ele faria isso, senhor? — perguntou Hoskins, confuso.

— Não faço a mínima ideia — respondeu o inspetor — e é muito improvável que tenha feito. Mas é uma *possibilidade*. E se ela *estiver* no *Espérance*, tomarei providências para que não saia sem ser vista.

— Mas se a visão dele cansava a beleza da mulher... — argumentou Hoskins, utilizando-se do vernáculo.

— Tudo que sabemos é que ela *disse* isso. As mulheres — sentenciou o inspetor — contam um monte de mentiras. Nunca se esqueça disso, Hoskins.

— Ah — falou o oficial, de bom grado.

II

A conversa foi finalizada quando a porta se abriu e um jovem alto com uma expressão vaga entrou. Usava um elegante terno cinza de flanela, mas o colarinho estava amassado, a gravata torta e o cabelo arrepiado de forma rebelde.

— Mr. Alec Legge? — perguntou o inspetor, olhando para cima.

— Não — respondeu o jovem. — Sou Michael Weyman. O senhor pediu para falar comigo, não?

— Sim, senhor — disse o Inspetor Bland. — Não quer se sentar? — Ele indicou a cadeira no lado oposto da mesa.

— Prefiro ficar de pé — falou Michael Weyman. — Gosto de andar de um lado para o outro. Por que há tantos policiais aqui, afinal? O que aconteceu?

O Inspetor Bland olhou para ele, surpreso.

— Sir George não lhe contou? — indagou.

— Ninguém me "conta", como o senhor colocou, nada. Não fico o tempo todo no pé de Sir George. O *que* aconteceu?

— O senhor está hospedado na casa, não?

— É claro que estou hospedado na casa. O que isso tem a ver?

— Eu simplesmente imaginava que todas as pessoas da casa já teriam sido informadas da tragédia que aconteceu esta tarde.

— Tragédia? Que tragédia?

— A garota que estava fazendo o papel da vítima do assassinato foi morta.

— Não! — Michael Weyman pareceu bastante surpreso. — O senhor está dizendo que foi morta de verdade? Não de lorotagem?

— Não sei o que quer dizer com lorotagem. A menina está morta.

— Como foi que aconteceu?

— Estrangulada com um pedaço de corda.

Michael Weyman assobiou.

— Exatamente como na brincadeira? Bem, acho mesmo que isso pode colocar ideias na cabeça de uma pessoa. — Ele caminhou até uma das janelas, virou-se rapidamente e disse: — Então somos todos suspeitos, não? Ou foi um dos locais?

— Não vemos como pode ter sido um dos locais, como o senhor disse — falou o inspetor.

— Nem eu — declarou Michael Weyman. — Ora, inspetor, muitos de meus amigos me chamam de louco, mas não sou esse tipo de louco. Não fico perambulando pelo interior estrangulando jovenzinhas indefesas.

— Creio que o senhor está aqui, Mr. Weyman, para desenhar um pavilhão na quadra de tênis para Sir George.

— Um trabalho inocente — disse Michael. — Do ponto de vista penal, é claro. Do ponto de vista arquitetônico, não tenho tanta certeza. O produto finalizado provavelmente vai representar um crime contra o bom gosto. Mas isso não lhe diz respeito, inspetor. O que de fato o interessa?

— Bem, gostaria de saber, Mr. Weyman, exatamente onde estava entre 16h15 desta tarde e, digamos, as dezessete horas.

— Como chegou a esse horário? Evidências médicas?

— Não inteiramente, senhor. Uma testemunha viu a garota viva às 16h15.

— Que testemunha... ou não deveria perguntar?

— Miss Brewis. Lady Stubbs pediu para ela levar uma bandeja com bolos e suco para a menina.

— Hattie pediu para Miss Brewis fazer isso? Não acredito nem por um segundo.

— Por que não acredita, Mr. Weyman?

— Não é típico dela. Não é o tipo de coisa em que pensaria ou que se incomodaria em fazer. A mente da querida Lady Stubbs gira inteiramente ao redor de si mesma.

— Ainda estou esperando, Mr. Weyman, pela resposta à minha pergunta.

— Onde eu estava entre 16h15 e dezessete horas? Bem, inspetor, não posso dizer. Estava por aí... se é que me entende.

— Por aí onde?

— Ah, aqui e ali. Eu me misturei ao povo no gramado, observei os locais se divertindo, troquei uma ou duas palavrinhas com a estrela de cinema. Depois, quando fiquei farto de tudo isso, fui até a quadra de tênis e ponderei sobre o desenho do pavilhão. Também fiquei me perguntando em quanto tempo alguém identificaria a fotografia que era a primeira pista da Caça ao Assassino com um pedaço da rede.

— Alguém identificou?

— Sim, acredito que alguém tenha ido até lá, mas eu não estava prestando atenção de verdade. Tive uma nova ideia para o pavilhão, uma maneira de ter o melhor de dois mundos. Meu mundo e o de Sir George.

— E depois disso?

— Depois disso? Bem, caminhei por aí e voltei para a casa. Fui até o cais e conversei com o velho Merdell, depois voltei. Não consigo determinar com precisão nenhum dos horários. Eu estava, como falei, *por aí*! Só isso.

— Bem, Mr. Weyman — disse o inspetor —, espero que possamos confirmar tudo isso.

— Merdell pode lhe dizer que conversei com ele no cais. Mas é claro que isso foi bem mais tarde do que o horário em que está interessado. Deve ter sido depois das dezessete horas, quando desci até lá. Não é muito satisfatório, não é, inspetor?

— Espero que possamos reduzir esse horário, Mr. Weyman.

O tom de voz do inspetor era agradável, mas havia nele um toque de aço que o jovem arquiteto não pôde deixar de notar. Ele se sentou no braço da poltrona.

— Ora — disse ele —, quem poderia querer matar aquela garota?

— O senhor não tem alguma suspeita, Mr. Weyman?

— Bem, sem entrar em detalhes, eu diria que foi nossa prolífica autora, o Perigo Púrpura. O senhor viu o imperioso traje roxo? Imagino que ela tenha se envolvido um pouco demais na história e pensado que a Caça ao Assassino seria melhor se houvesse um cadáver de *verdade*. Que tal?

— Está mesmo sugerindo isso, Mr. Weyman?

— É a única probabilidade em que consigo pensar.

— Tem outra coisa que gostaria de lhe perguntar, Mr. Weyman. O senhor viu Lady Stubbs esta tarde?

— É claro que vi. Como não a ver? Vestida como uma modelo de Jacques Fath ou Christian Dior.

— Quando a viu pela última vez?

— Pela última vez? Não sei. Chamando atenção no gramado às 15h30... ou talvez às 15h45?

— E não a viu depois disso?

— Não. Por quê?

— Porque, após as dezesseis horas, ninguém parece ter visto Lady Stubbs. Ela... desapareceu, Mr. Weyman.

— Desapareceu?! Nossa Hattie?

— Isso o surpreende?

— Sim, bastante... Imagino o que esteja aprontando.

— O senhor conhece Lady Stubbs bem, Mr. Weyman?

— Nunca a tinha visto até vir para cá quatro ou cinco dias atrás.

— Tem alguma opinião formada sobre ela?

— Eu diria que ela sabe melhor do que a maioria das pessoas qual lado de seu pão está amanteigado — respondeu

Michael Weyman, seco. — Uma jovem muito ornamental que sabe tirar o melhor disso.

— Mas não muito ativa mentalmente? É isso?

— Depende do que o senhor quer dizer por "mentalmente" — respondeu Michael Weyman. — Não a descreveria como intelectual. Mas se acha que ela não é de todo atenta, está enganado. — Um tom amargo surgiu em sua voz. — Eu diria que ela é a mais atenta entre nós.

As sobrancelhas do inspetor se ergueram.

— Esta não é a opinião geral sobre ela.

— Por alguma razão, ela gosta de agir como uma aparvalhada. Não sei por quê. Mas, como disse antes, em minha opinião, ela é muito atenta.

O inspetor o analisou por um momento e depois disse:

— E o senhor não pode ser mais exato em relação aos horários e lugares em que esteve entre o período que mencionei?

— Desculpe — falou Weyman, com um dar de ombros. — Infelizmente, não posso. Memória horrível, que nunca foi muito boa com as horas. — Ele acrescentou: — O senhor terminou?

Quando o inspetor assentiu, ele logo se retirou do cômodo.

— Eu gostaria de saber — falou o inspetor, meio para si mesmo e meio para Hoskins — o que se passou entre ele e a dona da casa. Ou ele a cortejou e foi ignorado, ou houve alguma discussão. — Então prosseguiu: — Qual você diria que é a opinião geral sobre Sir George e a esposa dele por aqui?

— Ela é uma idiota.

— Eu sei que *você* pensa assim, Hoskins. Mas esta é a visão mais aceita?

— Eu diria que sim.

— E Sir George... as pessoas gostam dele?

— O suficiente. Ele é um bom caçador e sabe um pouco sobre agricultura. A velha senhora o ajudou muito.

— Que velha senhora?

— Mrs. Folliat, que vive na edícula daqui.

— Ah, claro. Os Folliat eram os donos do local, não?

— Sim, e é graças à velha senhora que Sir George e Lady Stubbs foram recebidos tão bem. Colocou-os em contato com os nobres da região.

— Acha que foi paga para fazer isso?

— Ah, não. Não Mrs. Folliat. — Hoskins soou chocado. — É de meu entendimento que ela conhecia Lady Stubbs antes de a moça se casar, e foi ela quem incentivou Sir George a comprar este lugar.

— Preciso falar com Mrs. Folliat — disse o inspetor.

— Ah, ela é uma senhorinha esperta, se é. Se tem alguma coisa acontecendo, ela vai saber.

— Tenho que falar com ela — reiterou o inspetor. — Onde será que ela está agora?

Capítulo 11

I

No momento, Mrs. Folliat estava conversando com Hercule Poirot na grande sala de estar. Ele a encontrou recostada em uma cadeira no canto do cômodo. Ela olhou nervosa para o detetive quando ele entrou. Depois, voltando a se inclinar, murmurou:

— Ah, é o senhor, Monsieur Poirot.

— Peço desculpas, madame. Eu a incomodei.

— Não, não. O senhor não me incomoda. Estou descansando, apenas isso. Não sou mais tão jovem. O choque... foi demais para mim.

— Compreendo — afirmou Poirot. — De fato, compreendo.

Mrs. Folliat, um lenço apertado na pequena mão, olhava para o teto. Falou com a voz um pouco embargada pela emoção:

— Nem consigo pensar no que aconteceu. A pobrezinha. Aquela pobre, pobre garota...

— Eu sei — disse Poirot. — Eu sei.

— Tão jovem — continuou Mrs. Folliat —, ainda no início da vida. — Ela repetiu: — Nem consigo pensar no que aconteceu.

Poirot lançou um olhar curioso para ela. Mrs. Folliat parecia, pensou ele, ter envelhecido dez anos desde o começo daquela tarde, quando a vira dando as boas-vindas aos convidados como uma graciosa anfitriã. Agora, seu rosto tinha um aspecto cansado e abatido, com as rugas bem-marcadas.

— A senhora mesma me disse ontem, madame, que é um mundo muito cruel.

— Eu disse isso? — Mrs. Folliat pareceu sobressaltada. — É verdade... Ah, sim, estou começando a ver o quanto é verdade. — Ela acrescentou em voz baixa: — Mas nunca pensei que algo assim fosse acontecer.

Mais uma vez, ele olhou para a idosa de forma curiosa.

— O que achou que aconteceria, então? Decerto, alguma coisa.

— Não, não. Não foi isso que quis dizer.

Poirot insistiu.

— Mas a senhora esperava que *algo* fosse acontecer... algo extraordinário.

— O senhor me entendeu mal, Monsieur Poirot. Quis dizer apenas que essa é a última coisa que se esperaria no meio de uma quermesse.

— Hoje de manhã, Lady Stubbs também falou de crueldade.

— É mesmo? Ah, não mencione Hattie para mim... não mencione o nome dela. Não quero pensar nela. — Mrs. Folliat ficou em silêncio por um ou dois segundos, e então falou: — O que ela disse... sobre crueldade?

— Estava se referindo ao primo. Etienne de Sousa. Disse que ele era cruel, que era um homem mau. Disse também que tinha medo dele.

Poirot observou, mas a idosa apenas balançou a cabeça, incrédula.

— Etienne de Sousa... Quem é ele?

— É claro, esqueci que a senhora não estava presente no café da manhã. Lady Stubbs recebeu uma carta de um primo que não via desde os 14 ou 15 anos de idade. Ele disse que pretendia visitá-la esta tarde.

— E ele veio?

— Sim. Chegou aqui aproximadamente às 16h30.

— Decerto o senhor se refere ao rapaz bonito e de pele escura que veio pelo caminho da balsa. Eu me perguntei quem era quando o vi.

— Sim, madame, era Mr. De Sousa.

Mrs. Folliat disse energicamente:

— Se eu fosse o senhor, não prestaria atenção nas coisas que Hattie diz. — Mrs. Folliat corou quando Poirot olhou para ela, surpreso, e prosseguiu: — Ela é como uma criança... quer dizer, usa palavras como uma criança... cruel, bom. Não há meio-termo. Eu ignoraria o que ela disse sobre esse Etienne de Sousa.

Mais uma vez, Poirot se pôs a pensar. Falou devagar:

— A senhora conhece Lady Stubbs muito bem, não é, Mrs. Folliat?

— Provavelmente tão bem quanto qualquer pessoa. Talvez até mesmo melhor que o próprio marido. Mas e daí se conheço?

— Como ela é de verdade, madame?

— Que pergunta mais estranha, Monsieur Poirot.

— A senhora sabe que Lady Stubbs está desaparecida?

Mais uma vez, a resposta de Mrs. Folliat o surpreendeu. Ela não expressou preocupação ou espanto. Falou apenas:

— Então ela fugiu? Entendo.

— Isso lhe parece natural?

— Natural? Ah, não sei. Hattie é um tanto imprevisível.

— Acha que ela se ausentou porque está com a consciência pesada?

— O que quer dizer, Monsieur Poirot?

— Mr. De Sousa falou dela hoje à tarde. De forma casual, mencionou que Lady Stubbs sempre fugiu à mentalidade normal. Acho que deve saber, madame, que as pessoas que são mentalmente instáveis nem sempre são responsáveis por suas ações.

— O que está tentando dizer, Monsieur Poirot?

— Tais pessoas são, como a senhora colocou, muito simples... como crianças. Em um ataque súbito de raiva, podem até matar.

Mrs. Folliat se virou para ele com uma raiva repentina.

— Hattie nunca foi assim! Não vou permitir que diga essas coisas. Ela era uma menina de coração gentil, mesmo que fosse... um pouco simplória. Hattie *nunca* teria matado alguém.

Ela o encarou, respirando fundo, ainda indignada.

Poirot se perguntou seriamente se essa era a verdade.

II

Interrompendo aquela cena, o Oficial Hoskins apareceu.

Ele disse, como se pedisse desculpas:

— Estava procurando pela senhora, madame.

— Boa noite, Hoskins. — Mrs. Folliat voltou a parecer mais consigo mesma, a senhora da Casa Nasse. — Sim, o que foi?

— O inspetor manda seus cumprimentos e gostaria de ter uma palavrinha com a senhora... se estiver disposta, é claro — disse Hoskins, se apressando para acrescentar aquilo, notando, como Hercule Poirot fizera, os efeitos do choque.

— É claro que estou disposta.

Mrs. Folliat se levantou. Seguiu Hoskins para fora do cômodo. Poirot, que tinha se levantado por educação, voltou a se sentar e encarou o teto com a testa franzida.

O inspetor se levantou quando Mrs. Folliat entrou e o oficial de polícia segurou a cadeira para que ela pudesse se sentar.

— Sinto muito em preocupá-la, Mrs. Folliat — começou Bland. — Mas imagino que conheça todos na região e acho que pode nos ajudar.

Mrs. Folliat sorriu de leve.

— Acredito — disse ela — que conheço todos por aqui muito bem. O que quer saber, inspetor?

— Conhece os Tucker? A família e a menina?

— Ah, sim, claro, eles sempre foram inquilinos da propriedade. Mrs. Tucker era a filha mais jovem de uma família enorme. Seu irmão mais velho era nosso jardineiro-chefe. Ela se casou com Alfred Tucker, um trabalhador de fazenda... um homem estúpido, mas muito agradável. Mrs. Tucker é um pouco amarga. Uma boa dona de casa, o senhor sabe, mantém sua propriedade limpa, mas Tucker nunca tem permissão para ir além da copa com suas botas enlameadas. Essas coisas. Ela aborrece um pouco os filhos. A maioria deles já se casou e está empregada agora. Havia apenas a pobre criança, Marlene, e três filhos mais novos. Dois meninos e uma menina ainda na escola.

— Conhecendo a família tão bem, Mrs. Folliat, consegue pensar em alguma razão para que Marlene tenha sido assassinada?

— Não, não consigo. É um tanto inacreditável, se entende o que quero dizer, inspetor. Não tinha namorado ou algo dessa natureza, ou, ao menos, acho que não. Nada que eu tenha ouvido, pelo menos.

— E as pessoas que organizaram essa Caça ao Assassino? Pode me contar alguma coisa sobre elas?

— Bem, eu não conhecia Mrs. Oliver. Ela é bem diferente de como eu achava que seria uma romancista policial. Está muito aflita, a pobre coitada, com o que aconteceu... naturalmente.

— E quanto aos outros ajudantes... o Capitão Warburton, por exemplo?

— Não vejo razão para ele ter matado Marlene Tucker, se é o que está me perguntando — disse Mrs. Folliat, com calma. — Não gosto muito dele. É o que chamo de um homem matreiro, mas suponho que é necessário saber todos os truques e esse tipo de coisa se você for um agente político. Ele é com certeza enérgico e trabalhou arduamente nessa quermesse. Não acho que *poderia* ter matado a garota, de qualquer forma, porque ficou no gramado o tempo todo durante a tarde.

O inspetor assentiu.

— E os Legge? O que sabe sobre os Legge?

— Bem, eles me parecem ser um jovem casal muito agradável. Ele tem a inclinação ao que chamo de... temperamental. Não sei muito sobre ele. Ela era uma Carstairs antes do casamento e conheço alguns parentes dela muito bem. Eles alugaram o Chalé do Moinho por dois meses, e espero que estejam aproveitando as férias aqui. Nós nos tornamos muito amigos.

— Compreendo que ela é uma moça atraente.

— Ah, sim, deveras atraente.

— A senhora diria que, em algum momento, Sir George notou o quanto ela era atraente?

Mrs. Folliat pareceu um tanto surpresa.

— Ah, não, tenho certeza de que nada do tipo ocorreu. Sir George é muito envolvido em seus negócios e gosta bastante da esposa. Não é do tipo mulherengo.

— E não houve nada, a senhora diria, entre Lady Stubbs e Mr. Legge?

Mais uma vez, Mrs. Folliat balançou a cabeça.

— Ah, não, com certeza.

O inspetor insistiu.

— A senhora sabe de algum tipo de problema entre Sir George e a esposa?

— Tenho certeza de que não há problema algum — disse Mrs. Folliat, de forma enfática. — Eu saberia se houvesse.

— Então, o desaparecimento de Lady Stubbs não seria o resultado de qualquer discussão entre marido e mulher?

— Ah, não. — Ela acrescentou em voz baixa: — Até onde sei, aquela menina tola não queria encontrar o primo. Algum medo infantil. Então ela fugiu, exatamente como uma criança.

— Então, essa é a sua opinião. Não tem nada mais a acrescentar?

— Ah, não. Imagino que ela volte a aparecer em breve. Sentindo muita vergonha. — Mrs. Folliat acrescentou, de forma indiferente: — O que aconteceu com o primo dela, por sinal? Ele ainda está aqui na casa?

— Entendo que voltou para seu iate.
— Que está em Helmmouth, não?
— Sim, em Helmmouth.
— Compreendo — disse Mrs. Folliat. — Bem, é uma pena Hattie estar se comportando de forma tão infantil. No entanto, se ele for ficar aqui por um ou dois dias, podemos convencê-la a se comportar de maneira apropriada.

Era, o inspetor pensou, uma pergunta, mas, embora tenha notado isso, ele não a respondeu.

— A senhora provavelmente está pensando — disse ele — que nada disso vem ao caso. Mas a senhora entende, não é, Mrs. Folliat, que temos que abranger um campo bastante amplo. Miss Brewis, por exemplo. O que sabe sobre ela?

— Bem, é uma excelente secretária. Mais do que uma secretária. Praticamente age como uma governanta daqui. Na verdade, não sei o que fariam sem ela.

— Ela já era secretária de Sir George antes de ele se casar?
— Acho que sim. Não tenho certeza. Só a conheci quando ela veio para cá com eles.

— Ela não gosta muito de Lady Stubbs, não é?
— Não — falou Mrs. Folliat —, temo que não. Acho que essas secretárias eficientes *nunca* gostam muito das esposas, se entende o que quero dizer. Talvez seja natural.

— Foi a senhora ou Lady Stubbs quem pediu para Miss Brewis levar bolo e suco para a menina na garagem náutica?

Mrs. Folliat pareceu um pouco surpresa.

— Lembro-me de Miss Brewis reunindo o bolo e as outras coisas e dizendo que levaria tudo para Marlene. Não sabia que alguém havia pedido para ela fazer isso ou combinado algo assim. Com certeza não fui eu.

— Compreendo. A senhora disse que ficou na barraca de chá das dezesseis horas em diante. Acredito que Mrs. Legge também estava bebendo chá na tenda nesse horário, certo?

— Mrs. Legge? Não, creio que não. Ao menos, não me lembro de tê-la visto lá. Na verdade, tenho certeza de que não estava. Muita gente chegou no ônibus que vem de Torquay, e me lembro de olhar ao redor na tenda e pensar que deveriam ser todos visitantes estivais, pois não havia um só rosto que eu conhecia. Acho que Mrs. Legge foi tomar o chá mais tarde.

— Ah, bem, não importa. — Ele acrescentou, em voz baixa: — Bem, acho que é isso. Obrigado, Mrs. Folliat, a senhora foi muito gentil. Só podemos esperar que Lady Stubbs reapareça logo.

— É o que espero também — disse Mrs. Folliat. — Foi impensável da parte daquela criança nos deixar tão ansiosos. — Ela falava vivamente, mas a animação em sua voz não era natural. — Tenho certeza de que está *tudo bem* com ela. Tudo bem.

Nesse momento, a porta se abriu e uma jovem atraente de cabelo ruivo e com sardas entrou, falando:

— O senhor queria me ver?

— Esta é Mrs. Legge, inspetor — informou Mrs. Folliat. — Sally, querida, não sei se ficou sabendo da coisa horrível que aconteceu.

— Ah, sim! Assustador, não é? — Ela deu um suspiro exausto e se afundou na cadeira enquanto Mrs. Folliat saía do escritório. — Sinto muito mesmo por tudo isso — falou ela. — Parece inacreditável, sabe? Veja, eu fiquei lendo sortes a tarde inteira, então não vi o que aconteceu.

— Eu sei, Mrs. Legge. Mas temos que fazer as perguntas habituais para todos. Por exemplo, onde a senhora estava entre 16h15 e dezessete horas?

— Bem, fui beber chá às dezesseis horas.

— Na tenda de chá?

— Sim.

— Estava muito cheia, acredito?

— Ah, terrivelmente cheia.

— Viu alguém que conhecia lá?

— Ah, alguns velhos conhecidos, sim. Ninguém com quem conversar. Meu Deus, como eu queria um chá! Isso foi às dezesseis horas, como falei. Voltei para minha tenda às 16h30 e continuei fazendo meu trabalho. E Deus sabe o que eu estava prometendo às mulheres no final. Maridos milionários, fama em Hollywood... Deus sabe mais o quê. Meras viagens marítimas e mulheres misteriosas pareciam sem graça demais.

— O que aconteceu durante a meia hora em que a senhora se ausentou... quer dizer, supondo que as pessoas quisessem ter a sorte lida?

— Ah, coloquei um cartaz do lado de fora da tenda: "Volto às 16h30".

O inspetor anotou algo em seu bloco de notas.

— Quando viu Lady Stubbs pela última vez?

— Hattie? Não sei bem. Ela estava por perto quando saí da tenda para tomar chá, mas não falei com ela. Não me lembro de vê-la depois. Alguém me disse que ela desapareceu. É verdade?

— Sim.

— Ah, bem — falou Sally Legge, alegre —, falta-lhe alguma coisa aqui em cima, o senhor sabe. Ouso dizer que o assassinato a assustou.

— Bem, obrigado, Mrs. Legge.

Mrs. Legge aceitou aquela dispensa com prontidão. Ela saiu, passando por Hercule Poirot na porta.

III

Olhando para o teto, o inspetor falou:

— Mrs. Legge diz que estava na tenda de chá entre as dezesseis e 16h30. Mrs. Folliat diz que começou a ajudar na tenda a partir das dezesseis horas, mas que Mrs. Legge não estava entre os presentes. — Ele fez uma pausa, depois prosseguiu: — Miss Brewis diz que Lady Stubbs pediu para ela levar uma bandeja com bolo e suco para Marlene Tucker.

Michael Weyman diz que é impossível Lady Stubbs ter feito qualquer coisa assim... que não lhe seria característico.

— Ah — disse Poirot. — Os depoimentos conflitantes. Sim, eles sempre existem.

— E que incômodo é esclarecê-los — falou o inspetor. — Às vezes, são importantes, mas nove em dez vezes, não são. Bem, temos muito trabalho pela frente, isso é claro.

— E o que está pensando agora, *mon cher*? Quais são suas últimas teorias?

— Acho — disse o inspetor, com seriedade — que Marlene Tucker viu algo que não deveria ter visto. Acho que foi por causa do que viu que precisou ser morta.

— Não vou contradizê-lo — falou Poirot. — Mas a questão é: *o que* ela viu?

— Pode ter visto um assassinato — argumentou o Bland. — Ou a pessoa que cometeu o assassinato.

— Assassinato? — perguntou Poirot. — O assassinato de quem?

— O que o *senhor* acha, Poirot? Lady Stubbs está viva ou morta?

Poirot demorou um ou dois segundos antes de responder. Então disse:

— Acho, *mon ami*, que Lady Stubbs está morta. E vou lhe dizer *por que* penso assim. *É porque Mrs. Folliat acha que ela está morta.* Sim, o que quer que ela diga ou finja pensar, Mrs. Folliat acredita que Hattie Stubbs está morta. Mrs. Folliat — falou ele — sabe de muitas coisas que não sabemos.

Capítulo 12

Hercule Poirot desceu para tomar café na manhã seguinte e encontrou uma mesa praticamente vazia. Mrs. Oliver, ainda sofrendo do choque dos acontecimentos do dia anterior, tomava café na cama. Michael Weyman tomara uma xícara de café e saíra cedo. Apenas Sir George e a fiel Miss Brewis estavam sentados à mesa. Sir George providenciava prova indubitável de sua condição mental ao se mostrar incapaz de comer qualquer coisa. O prato diante dele estava praticamente intocado. Ele empurrou para longe a pequena pilha de cartas que, depois de abertas, Miss Brewis colocara à sua frente. Ele bebia café com um ar de quem não sabia o que estava fazendo.

— Bom dia, Monsieur Poirot — falou ele de forma superficial, e então voltou para seu estado de preocupação.

Às vezes, Sir George murmurava algo:

— Tão incrível a coisa toda. Onde ela pode *estar*?

— O inquérito será realizado no Instituto na quinta-feira — disse Miss Brewis. — Eles telefonaram para nos informar.

Seu patrão olhou para ela como se não tivesse entendido.

— Inquérito? Ah, sim, é claro. — Ele soava confuso e desinteressado. Após um ou dois goles de café, disse: — As mulheres são imprevisíveis. O que ela pensa que está fazendo?

Miss Brewis comprimiu os lábios. Poirot observou, com clareza suficiente, que ela estava em um estado de forte tensão nervosa.

— Hodgson está vindo para vê-lo — comentou ela — sobre a eletrificação dos galpões de ordenha na fazenda. E, ao meio-dia, o senhor tem...

Sir George a interrompeu.

— Não posso ver ninguém. Cancele tudo! Como acha que um homem pode cuidar dos negócios quando está praticamente enlouquecido de preocupação com sua esposa?

— Se o senhor diz, Sir George.

Miss Brewis lhe deu o equivalente doméstico de um advogado falando "Como vossa excelência quiser". Seu descontentamento era óbvio.

— Não sei — continuou Sir George — *o que* as mulheres têm na cabeça ou que tolices são capazes de fazer! O senhor concorda? — Ele direcionou esta última pergunta a Poirot.

— *Les femmes?* São imprevisíveis — respondeu o belga, erguendo as sobrancelhas e as mãos com um fervor gaulês.

Miss Brewis fungou de insatisfação.

— Ela *parecia* bem — disse Sir George. — Muito feliz com o novo anel, arrumada para aproveitar a quermesse. Tudo parecia perfeitamente normal. Não era como se tivéssemos tido qualquer tipo de discussão ou briga. Desaparecer sem falar nada.

— Sobre estas cartas, Sir George — comentou Miss Brewis.

— Malditas sejam elas! — exclamou, e empurrou a xícara de café.

Ele pegou as missivas perto do prato e jogou-as na direção da mulher.

— Responda-as da forma que quiser! Não estou nem aí para elas. — Ele prosseguiu, falando mais ou menos para si mesmo, com um tom magoado: — Aparentemente, não há *nada* que eu possa fazer... Não sei nem se aquele sujeito da polícia é bom. Fala muito mansa e tudo o mais.

— Os policiais são, acredito — disse Miss Brewis —, muito eficientes. Têm amplos recursos para rastrear o paradeiro de pessoas desaparecidas.

— Eles, às vezes, levam dias para encontrar uma criança miserável que fugiu de casa e se escondeu em um monte de feno.

— Não acho provável que Lady Stubbs esteja em um monte de feno, Sir George.

— Se ao menos eu pudesse fazer *alguma* coisa — repetiu o marido, infeliz. — Acho que vou colocar um anúncio nos jornais. Pode anotar, Amanda? — Ele parou um instante para pensar. — *Hattie. Por favor, volte para casa. Estou desesperado. George.* Todos os jornais, Amanda.

Miss Brewis falou, com acidez:

— Lady Stubbs raramente lê jornal, Sir George. Ela não se interessa pelo que está acontecendo no mundo. — E acrescentou, de forma um tanto hostil, mas Sir George não estava com humor para apreciar hostilidades: — É claro que o senhor pode colocar um anúncio na *Vogue*. Talvez isso chame a atenção dela.

Sir George simplesmente respondeu:

— Onde você achar melhor. Só resolva isso.

Ele se levantou e foi para a porta. Com a mão na maçaneta, fez uma pausa e voltou alguns passos. Falou direto com Poirot.

— Olhe aqui, Poirot — disse ele —, o senhor não acha que ela está morta, acha?

Poirot fixou os olhos na xícara de café enquanto respondia:

— Eu diria que é cedo demais, Sir George, para presumir algo do tipo. Ainda não há razão para acreditarmos nessa ideia.

— Então, o senhor acha que sim — falou Sir George, sério. E adicionou, de forma insolente: — Bem, eu acho que não! Eu acho que ela está *bem*.

Ele acenou com a cabeça várias vezes com crescente desafio e saiu batendo a porta.

Poirot passou manteiga em um pedaço de torrada, pensativo. Nos casos em que havia a suspeita do assassinato da esposa, ele quase automaticamente suspeitava do marido. (Da mesma forma, quando havia a morte do marido, suspeitava da esposa.) Nesse caso, porém, não suspeitava que Sir George tivesse dado cabo de Lady Stubbs. Do pouco tempo em que os observara, estava um tanto convencido de que ele era dedicado à mulher. Além disso, se sua excelente memória não o estivesse falhando (e raramente falhava), Sir George estivera presente no gramado por toda a tarde até o próprio Poirot ter saído com Mrs. Oliver para descobrir o corpo. Sir George estava no gramado quando retornaram com as novidades. Não, ele não era o responsável pela morte de Hattie. Quer dizer, se ela estivesse morta. Afinal, Poirot disse a si mesmo, não havia razão para acreditar nisso ainda. O que ele acabara de dizer a Sir George era verdade. Mas, em sua mente, a convicção era imutável. O padrão, pensou ele, era o padrão de um assassinato... de um assassinato duplo.

Miss Brewis interrompeu sua linha de raciocínio ao falar com um veneno que beirava as lágrimas:

— Os homens são tão tolos, *tão tolos*! São muito astutos na maior parte das vezes, mas então acabam se casando com o tipo errado de mulher.

Poirot sempre estava disposto a deixar as pessoas falarem. Quanto mais pessoas falassem com ele, e quanto mais falassem, melhor. Quase sempre havia um grão de trigo no joio.

— A senhora acha que foi uma união infeliz? — perguntou ele.

— Desastrosa... completamente desastrosa.

— Quer dizer que... eles não são felizes juntos?

— Ela teve uma péssima influência sobre ele em todos os sentidos.

— Ora, acho isso muito interessante. Que tipo de péssima influência?

— Fazê-lo ir de um lado a outro para ficar à disposição dela, arrancando presentes caros dele... muito mais joias do que qualquer mulher poderia usar. E casacos de pele. Ela tem dois casacos de *vison* e um de arminho da Rússia. O que qualquer mulher iria querer com dois casacos de *vison* eu gostaria muito de saber...

Poirot balançou a cabeça.

— Isso eu também não sei — falou ele.

— Dissimulada — disse Miss Brewis. — Falsa! Sempre bancando a simplória... sobretudo quando as pessoas estão aqui. Suponho que seja porque acha que ele gosta dela assim!

— E ele gosta dela assim?

— Ah, os homens! — falou Miss Brewis, a voz trêmula beirando a histeria. — Eles não apreciam a eficiência, ou a abnegação, ou a lealdade, ou *qualquer* uma dessas qualidades! Agora, com uma mulher inteligente e competente, Sir George teria chegado a algum lugar.

— Chegado aonde? — perguntou Poirot.

— Bem, ele poderia ter um papel proeminente nos assuntos locais. Ou ter sido eleito para o Parlamento. Ele é muito mais capaz do que o pobre Mr. Masterton. Não sei se o senhor já ouviu Mr. Masterton dando um discurso... um orador deveras hesitante e pouco inspirado. Deve a posição que tem inteiramente à esposa. Mrs. Masterton é o poder por trás do trono. Ela tem o ímpeto, a iniciativa e a perspicácia política.

Por dentro, Poirot tremeu com a hipótese de ser casado com Mrs. Masterton, mas concordou de forma um tanto honesta com as palavras de Miss Brewis.

— Sim — disse ele —, ela é tudo que a senhorita falou. Uma *femme formidable* — murmurou para si mesmo.

— Sir George não parece ambicioso — falou Miss Brewis. — Parece satisfeito em morar aqui, relaxando e bancando o fidalgo da região, indo para Londres apenas ocasionalmente para tratar dos cargos de direção na cidade e tudo o mais, mas ele poderia ser mais do que isso com as habilidades que tem. Ele é realmente um homem extraordinário, Monsieur Poirot. Aquela mulher nunca o compreendeu. Ela apenas o vê como uma máquina da qual retira casacos de pele, joias e roupas caras. Se ele estivesse casado com alguém que de fato apreciasse suas habilidades... — Ela parou de falar, a voz vacilante, incerta.

Poirot a encarou com verdadeira compaixão. Miss Brewis estava apaixonada por seu patrão. Ela lhe proporcionava uma devoção fiel, leal e fervorosa, que ele provavelmente não percebia e na qual com certeza não estava interessado. Para Sir George, Amanda Brewis era uma máquina eficiente que tirava o peso do cotidiano de seus ombros, que retornava telefonemas, escrevia cartas, contratava pessoas, solicitava refeições e, em geral, tornava sua vida mais fácil. Poirot duvidava que ele sequer pensasse nela como mulher. E isso, refletiu, tinha seus riscos. As mulheres podiam se preparar, podiam chegar a um nível alarmante de desequilíbrio que passasse despercebido pelo homem que era objeto de sua devoção.

— Uma mulher dissimulada, ardilosa e esperta, é isso que ela é — disse Miss Brewis, chorosa.

— Vejo que a senhorita diz *é*, não *foi* — falou Poirot.

— É claro que ela não está morta! — zombou Miss Brewis. — Fugiu com um homem, isso sim! É bem o seu tipo.

— É possível. É sempre possível — disse Poirot.

Ele pegou outra torrada, inspecionou com tristeza o pote de marmelada e procurou alguma geleia na mesa. Não havia nada do tipo, então se resignou com a manteiga.

— É a única explicação — argumentou Miss Brewis. — É claro que ele não pensaria *nisso*.

— Já houve... algum... problema com homens? — questionou Poirot, delicadamente.

— Ah, ela foi muito esperta — falou Miss Brewis.

— Está dizendo que não viu algo do gênero?

— É melhor mesmo que eu não tenha visto nada — debochou Miss Brewis.

— Mas acha que pode ter havido episódios... digamos... sorrateiros?

— Ela fez seu melhor para enganar Michael Weyman — falou Miss Brewis. — Levando-o até os jardins de camélias nessa época do ano! Fingindo estar muito interessada no pavilhão da quadra de tênis.

— Mas, afinal, é para isso que ele está aqui, e entendo que Sir George está construindo o pavilhão sobretudo para agradar a esposa.

— Ela não é boa no tênis — disse Miss Brewis. — Não é boa em jogo *algum*. Só quer um cenário bonito no qual se sentar, enquanto outras pessoas correm e ficam com calor. Ah, sim, ela fez seu melhor para enganar Michael Weyman. E provavelmente teria conseguido, se ele não tivesse outros interesses.

— Ah — falou Poirot, servindo-se de um pouco de marmelada, colocando-a no canto da torrada e mordendo cheio de desconfiança. — Então ele tem outros interesses, o Monsieur Weyman?

— Foi Mrs. Legge quem o recomendou para Sir George — informou Miss Brewis. — Eles se conheciam antes de ela se casar. Chelsea, até onde entendo, e tudo isso. Ela pintava, veja bem.

— Ela parece ser uma jovem muito bonita e inteligente — afirmou Poirot, com timidez.

— Ah, sim, ela é muito inteligente — confirmou Miss Brewis. — Teve educação universitária e ouso dizer que poderia ter seguido carreira se não tivesse se casado.

— Ela é casada há muito tempo?

— Há mais ou menos três anos, acredito. Não acho que o casamento tenha dado muito certo.

— Há alguma... incompatibilidade?

— Ele é um jovem estranho, muito temperamental. Faz diversas caminhadas sozinho e o ouvi sendo muito mal-humorado com ela algumas vezes.

— Ah, bem — disse Poirot —, as brigas, as reconciliações, todas fazem parte do início da vida de um casal. Sem elas, é possível que a vida fosse entediante.

— Ela passou um bom tempo com Michael Weyman desde que ele chegou aqui — informou Miss Brewis. — Acho que ele estava apaixonado por ela antes de Sally se casar com Alec Legge. Mas acho também que é apenas um flerte da parte dela.

— Mas Mr. Legge não está feliz com isso, talvez?

— Nunca dá para saber com Mr. Legge, ele é tão inconstante. Mas acho que anda mais temperamental do que o normal.

— Ele admirava Lady Stubbs?

— Ouso dizer que ela achava que sim. Ela acha que só precisa levantar um dedo para que qualquer homem se apaixone por ela!

— De qualquer forma, se ela fugiu com um homem, como sugere, não foi com Mr. Weyman, pois ele ainda está aqui.

— É alguém com quem ela está se encontrando às escondidas, não tenho dúvida — comentou Miss Brewis. — Ela com frequência sai de casa em segredo e vai perambular pelo bosque sozinha. Não estava aqui anteontem à noite. Ficou bocejando e disse que estava indo para a cama. Eu a vi menos de meia hora depois escapando pela porta lateral com um xale sobre a cabeça.

Pensativo, Poirot olhou para a mulher à sua frente. Ele se perguntou se deveria confiar nas afirmações de Miss Brewis em relação a Lady Stubbs ou se tudo era uma ilusão da parte dela. Mrs. Folliat, ele tinha certeza, não compartilhava das ideias de Miss Brewis, e a idosa conhecia Hattie bem melhor do que a secretária. Se Lady Stubbs tivesse fugido com um amante, aquilo claramente seria deveras conveniente para Miss Brewis. Ela seria deixada para consolar o marido abandonado e para organizar de forma eficiente os detalhes do divórcio. Mas isso não tornava aquilo verdade, ou provável, ou mesmo plausível. Se Hattie Stubbs fugira com um amante, teria escolhido um momento muito curioso para fazê-lo, pensou Poirot. Ele próprio não acreditava que ela tivesse feito isso.

Miss Brewis fungou e juntou as correspondências espalhadas.

— Se Sir George realmente quer publicar aqueles anúncios, é melhor eu cuidar logo disso — falou ela. — É uma bobagem e uma perda de tempo. Ah, bom dia, Mrs. Masterton — disse ela quando a porta se abriu com autoridade e Mrs. Masterton entrou na sala.

— O inquérito está marcado para quinta-feira, ouvi dizer — falou ela, a voz reverberando. — Bom dia, Monsieur Poirot.

Miss Brewis fez uma pausa, a mão cheia de cartas.

— Há algo que possa fazer pela senhora, Mrs. Masterton? — perguntou ela.

— Não, obrigada, Miss Brewis. Imagino que já tenha muito no seu prato hoje de manhã, mas gostaria de agradecer o excelente trabalho de ontem. A senhorita é ótima em organização e trabalha arduamente. Estamos todos bastante gratos.

— Obrigada, Mrs. Masterton.

— Agora, não quero mais atrapalhá-la. Vou me sentar e ter uma conversa com Monsieur Poirot.

— Encantado, madame — falou o detetive.

Ele havia se levantado e feito uma mesura.

Mrs. Masterton puxou uma cadeira e se sentou. Miss Brewis saiu do cômodo, sua eficiência de sempre um tanto restaurada.

— Mulher maravilhosa, aquela — disse Mrs. Masterton. — Não sei o que os Stubbs fariam sem ela. Hoje em dia, é difícil cuidar de uma casa. A pobre Hattie não conseguiria lidar com isso. Acontecimentos extraordinários, Monsieur Poirot. Vim perguntar o que acha deles.

— O que a senhora acha, madame?

— Bem, não é algo prazeroso de encarar, mas diria que temos alguém com personalidade patológica por aqui. Espero que não seja um local. Talvez alguém liberado de um hospício... hoje em dia, sempre os liberam mesmo não estando totalmente curados. Mas o que quero dizer é o seguinte: ninguém iria querer estrangular a filha dos Tucker. Não pode haver motivo algum, exceto um anormal. E se esse homem, quem quer que seja, *for* anormal, eu diria que ele provavelmente estrangulou aquela pobre moça, Hattie Stubbs, também. Ela não tem muito senso, o senhor sabe, a pobrezinha. Se encontrasse um homem de aparência qualquer e ele a convidasse para ver alguma coisa no bosque, provavelmente o seguiria como um cordeiro, dócil e inocente.

— Acha que o corpo dela está em algum lugar da propriedade?

— Sim, Monsieur Poirot, acho. Vão encontrá-lo assim que o procurarem por aqui. Veja bem, com 65 acres de floresta, vai demorar um bocado, sobretudo se foi arrastado para os arbustos ou caiu em uma encosta em direção às árvores. Eles precisam é de cães farejadores — sugeriu Mrs. Masterton, parecendo, enquanto falava, com um. — Cães farejadores! Vou ligar para o chefe de polícia e dizer isso a ele.

— É bem possível que tenha razão, madame — disse Poirot.

Aquilo era claramente a única coisa que alguém poderia dizer a Mrs. Masterton.

— É claro que tenho razão — falou Mrs. Masterton —, mas, sabe, devo dizer que fico muito apreensiva pelo sujeito ainda estar por aí. Quando sair daqui, vou telefonar para todas as mães do vilarejo para que cuidem bem de suas filhas... para que não as deixem saírem sozinhas. Não é agradável pensar, Monsieur Poirot, que temos um assassino entre nós.

— Um pequeno detalhe, madame. Como um homem estranho pode ter entrado na garagem náutica? Uma chave seria necessária.

— Ah, sim — disse Mrs. Masterton. — Bem, é fácil. Ela saiu, é claro.

— Saiu da garagem náutica?

— Sim. Imagino que tenha ficado entediada, como as meninas costumam ficar. Provavelmente saiu e deu uma olhada ao redor. O mais provável, acho, é que tenha visto o assassinato de Hattie Stubbs. Ouviu um grito ou algo parecido, foi ver o que era, e o homem, após ter eliminado Lady Stubbs, naturalmente teve que matá-la também. Deve ter sido fácil para ele voltar para a garagem náutica, deixá-la lá e sair, fechando a porta. É uma fechadura Yale. A porta acabaria trancando sozinha.

Poirot assentiu. Não era sua intenção discutir com Mrs. Masterton ou indicar-lhe um interessante fato completamente ignorado por ela, o de que, se Marlene Tucker foi morta fora da garagem náutica, alguém precisaria saber o lugar e a posição exatos em que a vítima deveria estar. Em vez disso, ele falou, com calma:

— Sir George Stubbs parece confiante de que a esposa ainda está viva.

— É o que, como homem, ele diz, porque quer acreditar nisso. Ele é muito dedicado a ela, o senhor sabe. — Ela acrescentou, de uma forma um tanto inesperada: — Gosto de George Stubbs, apesar de suas origens, seu passado citadino e tudo o mais. Ele se saiu muito bem no campo. O pior que há para ser dito sobre ele é que é um pouco esnobe. Mas, afinal, o esnobismo social é inofensivo.

— Hoje em dia, madame, decerto o dinheiro se tornou tão aceitável quanto o sangue azul — disse Poirot, de uma forma um tanto cínica.

— Meu caro, eu não poderia concordar mais. Ele não precisa ser esnobe... basta comprar o lugar e distribuir dinheiro por aí, que todos viríamos e telefonaríamos! Mas, na verdade, gostam do homem. Não é apenas o dinheiro. É claro que Amy Folliat teve algo a ver com isso. Mrs. Folliat os apadrinhou e, veja bem, ela tem muita influência nesta parte do mundo. Ora, a família Folliat está aqui desde a época dos Tudor.

— Sempre houve Folliat na Casa Nasse — murmurou Poirot para si mesmo.

— Sim. — Mrs. Masterton suspirou.— É triste, o preço pago pela guerra. Jovens mortos em ação... encargos com as mortes e tudo o mais. Então, quem quer que fique com o lugar não tem condições de mantê-lo e precisa vendê-lo...

— Mas Mrs. Folliat, embora tenha perdido a casa, ainda mora na propriedade.

— Sim. Ela transformou a edícula em um lugar bastante charmoso. O senhor já esteve lá?

— Não, nós nos separamos na porta.

— Não seria agradável para qualquer pessoa morar na edícula de sua antiga casa e ver estranhos tomando posse dela. Mas, para ser justa com Amy Folliat, não acho que ela se sinta ressentida com isso. Na verdade, ela concebeu a coisa toda. Não há dúvida de que imbuiu Hattie da ideia de morar aqui, e a fez persuadir George Stubbs para que isso acontecesse. Acho que a única coisa que Amy Folliat não suportaria era ver o lugar se transformar em um albergue ou um hospício, ou ser separado para dar lugar a uma nova construção. — Ela se levantou. — Bem, tenho que ir. Sou uma mulher ocupada.

— É claro. A senhora precisa falar ao chefe de polícia sobre os cães farejadores.

Mrs. Masterton deu uma risada repentina e profunda.

— Eu criava cães farejadores no passado — falou ela. — As pessoas dizem que eu mesma me pareço com um.

Poirot foi tomado de surpresa e ela foi rápida o bastante para perceber isso.

— Aposto que pensou isso também, Monsieur Poirot — disse ela.

Capítulo 13

Após a saída de Mrs. Masterton, Poirot deixou a casa e foi caminhar no bosque. Seus nervos estavam abalados. Sentia uma vontade irresistível de conferir atrás de cada arbusto e de considerar qualquer moita de rododendro um possível esconderijo para um corpo. Ele enfim chegou à extravagância e, entrando nela, sentou-se no banco de pedra para descansar os pés que, como sempre, estavam usando sapatos pontudos de couro envernizado.

Através das árvores, conseguia enxergar reflexos fracos da água do rio e da margem arborizada do lado oposto. Ele se viu concordando com o jovem arquiteto de que aquele não era um bom lugar para colocar uma fantasia arquitetônica daquele tipo. É claro que lacunas poderiam ser criadas entre as árvores, mas, mesmo assim, não seria uma vista apropriada. Ao passo que, conforme dissera Michael Weyman, na margem relvada perto da casa, uma extravagância poderia ser erigida com uma vista maravilhosa do rio até Helmmouth. Então, os pensamentos de Poirot deram uma guinada. Helmmouth, o iate *Espérance* e Etienne de Sousa. Tudo isso deveria se interligar em um padrão, mas qual, ele não conseguia visualizar. Vislumbres tentadores se revelavam aqui e ali, mas era tudo.

Algo brilhante chamou sua atenção, e o detetive se curvou para pegá-lo. O objeto repousava em uma rachadura da base de concreto da construção. Poirot o segurou na palma da mão e olhou para ele com uma leve agitação de reconhecimento. Era um pequeno pingente dourado no formato de um aeroplano. Conforme o observava, com a testa franzida, uma imagem surgiu em sua mente. Um bracelete. Um bracelete de ouro com outros pingentes. Ele estava mais uma vez sentado na tenda e a voz de Madame Zuleika, ou Sally Legge, falava de mulheres misteriosas, jornadas marítimas e sorte. Sim, ela usava uma pulseira na qual uma multiplicidade de pequenos objetos de ouro estava pendurada. Uma dessas tendências modernas que repetiam a moda da juventude de Poirot. Foi provavelmente por isso que as joias impressionaram o detetive. Em algum momento, presumivelmente, Mrs. Legge se sentou aqui na extravagância, e um de seus pingentes caiu do bracelete. Talvez ela nem tenha notado. Pode ter sido na tarde de ontem...

Poirot considerou essa última questão. Então ouviu passos do lado de fora e olhou para cima. Alguém dera a volta até a frente da extravagância e parara, assustado, ao ver Poirot. O belga observou com atenção o jovem magro que usava uma camisa estampada com uma variedade de cágados e tartarugas. A camisa era inconfundível. Ele a vira de perto no dia anterior, quando o indivíduo que a usava estava lançando cocos.

Ele notou que o rapaz estava estranhamente perturbado. O jovem falou rápido com sotaque estrangeiro:

— Peço perdão... Não sabia...

Poirot sorriu, gentil, mas com ar reprovador.

— Temo — disse ele — que o senhor esteja invadindo a propriedade.

— Sim, eu sinto muito.

— Vem do albergue?

— Sim. Sim, venho. Pensei que talvez fosse possível chegar ao cais passando pelo bosque.

— Infelizmente — falou Poirot —, o senhor terá que voltar pelo mesmo caminho pelo qual veio. Não há passagem por aqui.

O jovem repetiu, mostrando todos os dentes em um pretenso sorriso agradável:

— Eu sinto muito. Sinto muito mesmo.

Ele fez uma mesura e deu meia-volta.

Poirot saiu da extravagância e voltou para a trilha, observando o rapaz se retirar. Quando chegou ao fim do caminho, olhou para trás. Então, vendo que Poirot o observava, apertou o passo e desapareceu em uma curva.

— *Eh bien* — disse Poirot para si mesmo —, acabei de ver um assassino ou não?

O jovem com certeza estivera na quermesse e olhara feio para Poirot quando deparou com ele; portanto, com a mesma certeza, sabia muito bem que não havia um caminho direto entre o bosque e a balsa. Se ele, na verdade, *estivesse* procurando um caminho para a balsa, não teria tomado a trilha que passa pela extravagância, e sim permanecido no nível mais baixo, perto do rio. Além disso, ele chegara à construção com ar de alguém que tinha um compromisso e que ficara muito surpreso ao encontrar a pessoa errada no horário e local marcados.

— Então é isso — falou Poirot para si mesmo. — Ele veio para cá encontrar alguém. Mas quem? — Acrescentou com uma reflexão posterior: — E por quê?

Poirot foi até a curva e olhou para o ponto onde a trilha adentrava o bosque. Não havia mais sinal do jovem com a camisa de tartaruga. Presumivelmente, ele considerara prudente se retirar o mais rápido possível. Poirot refez seus passos, balançando a cabeça.

Perdido em pensamentos, andou silenciosamente pela lateral da extravagância e parou na entrada, agora ele mesmo surpreso. Sally Legge estava lá de joelhos, a cabeça inclinada sobre as rachaduras do chão. Ela deu um salto, espantada.

— Ah, Monsieur Poirot, o senhor me deu um susto. Não o ouvi chegando.

— Estava procurando alguma coisa, madame?

— Eu... não, não exatamente.

— Perdeu alguma coisa — afirmou Poirot. — Deixou algo cair. Ou talvez... — Ele adotou um aspecto maroto, galanteador. — Ou talvez, madame, tenha um encontro romântico marcado. Infelizmente, não sou a pessoa que veio encontrar aqui?

Àquela altura, ela já havia recuperado a compostura.

— Alguém marca encontros românticos no meio da manhã? — perguntou a mulher.

— Às vezes, é preciso marcar encontros românticos nos poucos horários disponíveis. Maridos — sentenciou Poirot — podem ser muito ciumentos.

— Duvido que o meu seja — retrucou Sally Legge.

A mulher falou essas palavras de forma descontraída, mas Poirot ouviu uma sugestão de rancor por trás delas.

— Ele está sempre tão envolvido nos próprios compromissos.

— Todas as esposas reclamam dos maridos — disse Poirot. — Sobretudo dos maridos ingleses.

— Vocês, estrangeiros, são mais galanteadores.

— Nós sabemos — falou Poirot — que é necessário dizer a uma mulher ao menos uma vez por semana, e preferencialmente três ou quatro vezes, que a amamos; e que também é prudente trazer-lhe flores, fazer alguns elogios, dizer-lhe que ficou linda com o vestido ou o chapéu novo.

— É isso que o *senhor* faz?

— Eu, madame, não sou um marido — respondeu Hercule Poirot. — Uma pena!

— Tenho certeza de que não há por que se lamentar. Sei que o senhor deve ficar encantado em ser um solteirão despreocupado.

— Não, não, madame, é terrível perceber tudo o que deixei de ter na vida.

— Acho que uma pessoa é tola por se casar — falou Sally Legge.

— A senhora se arrepende dos dias em que pintava em seu estúdio em Chelsea?

— O senhor parece saber tudo sobre mim, Monsieur Poirot.

— Sou fofoqueiro — disse Hercule Poirot. — Gosto de saber tudo sobre as pessoas. — Ele prosseguiu: — A senhora se arrepende mesmo, madame?

— Ah, não sei.

Ela se sentou impacientemente no banco. Poirot se acomodou a seu lado. Ele testemunhou mais uma vez um fenômeno ao qual se acostumava. Essa mulher ruiva e atraente estava prestes a lhe dizer coisas que pensaria duas vezes antes de revelar a um inglês.

— Eu esperava — começou ela — que, quando viéssemos para cá de férias, longe de tudo, as coisas voltassem a ser como antes... Mas não foi assim.

— Não?

— Não. Alec continua mal-humorado e... ah, não sei... fechado. Não sei qual é o problema dele. Ele anda tão nervoso e tenso. As pessoas ligam para ele e deixam mensagens estranhas, e ele não me conta *nada*. Isso me enlouquece. Ele não me fala *nada*! A princípio pensei que fosse outra mulher, mas acho que não. Não exatamente...

A voz dela continha certa dúvida que Poirot logo notou.

— A senhora gostou do chá da tarde de ontem, madame? — perguntou ele.

— Se gostei do chá? — Ela franziu a testa para ele, seus pensamentos parecendo vir de um lugar distante. Então, acrescentou rapidamente: — Ah, sim. O senhor não faz ideia de como é exaustivo ficar sentada naquela tenda coberta com tantos véus. Foi sufocante.

— A tenda de chá também devia estar sufocante, de certa maneira.

— Ah, sim. No entanto, nada como uma xícara de chá, não acha?

— A senhora estava procurando por algo agora há pouco, não é mesmo, madame? Será possível que fosse isto? — Ele esticou a mão com o pequeno pingente de ouro.

— Eu... ah, sim. Ora, obrigada, Monsieur Poirot. Onde o encontrou?

— Estava aqui, no chão, naquela rachadura ali.

— Devo ter deixado cair.

— Ontem?

— Ah, não! Ontem, não. Foi antes disso.

— Ora, certamente, madame, lembro-me de ter visto a joia em seu pulso quando estava prevendo minha sorte.

Ninguém podia contar uma mentira melhor do que Hercule Poirot. Ele falava com total segurança e, diante dessa segurança, as pálpebras de Sally Legge se fecharam.

— Não me lembro muito bem — disse ela. — Só percebi que havia desaparecido hoje de manhã.

— Então fico feliz — falou Poirot, galante — de poder devolvê-lo à senhora.

Ela revirava o pequeno pingente com os dedos, nervosa. Então, se levantou.

— Bem, obrigada, Monsieur Poirot, muito obrigada — disse.

Sua respiração estava um tanto desigual, e os olhos, nervosos.

Ela saiu correndo da extravagância. Poirot se recostou no banco e assentiu devagar.

Não, disse a si mesmo, não, a senhora não foi para a tenda de chá na tarde de ontem. Não era porque queria tomar chá que estava tão ansiosa para saber se eram dezesseis horas. Foi para *cá* que veio ontem. Para cá, para a extravagância. *A meio caminho da garagem náutica*. Veio para cá se encontrar com alguém.

Mais uma vez, ele ouviu passos se aproximando. Passos rápidos e impacientes.

— E agora talvez — disse Poirot, sorrindo — se aproxima quem quer que seja a pessoa com quem Mrs. Legge veio se encontrar.

Mas então, conforme Alec Legge dava a volta pela extravagância, Poirot falou:

— Errado de novo.

— Hã? Como é? — Alec Legge pareceu espantado.

— Eu disse — explicou Poirot — que estava errado de novo. Não me engano com muita frequência, e isso me exaspera. Não era o senhor quem eu esperava encontrar.

— E quem esperava encontrar? — perguntou Alec Legge.

Poirot respondeu prontamente:

— Um jovem... quase um garoto... usando uma dessas camisas de cores berrantes estampada com tartarugas.

Ficou satisfeito com o efeito de suas palavras. Alec Legge deu um passo para a frente. Ele falou de forma um tanto incoerente:

— Como sabia? Como... o que quer dizer?

— Sou vidente — respondeu Hercule Poirot, fechando os olhos.

Alec Legge deu mais alguns passos adiante. Poirot se conscientizou de que havia um homem muito nervoso à sua frente.

— O que raios quer dizer com isso? — questionou ele.

— Acho que seu amigo voltou para o albergue — disse Poirot. — Se quiser se encontrá-lo, terá que ir até lá.

— Então é isso — murmurou Alec Legge.

Ele se deixou cair na outra ponta do banco de pedra.

— Então é por isso que está aqui? Não era uma questão de "distribuir os prêmios". Eu devia saber. — Ele se virou para Poirot. Seu rosto estava abatido e infeliz. — Sei como isso pode parecer. Sei o que tudo isso pode parecer. Mas não é o que o senhor acha que é. Sou a vítima. Uma vez que você cai nas garras dessas pessoas, não é tão fácil sair. E eu quero sair. Essa é a questão. *Eu quero sair*. Você fica desesperado, sabe? E começa a tomar medidas desesperadas. Sente-se como se fosse um rato na ratoeira, como se não houvesse o que fazer. Ah, bem, do que adianta falar! O senhor já sabe o que queria saber, suponho. Tem as provas.

Ele se levantou, tropeçou um pouco como se não conseguisse ver o caminho à frente, depois bateu em retirada sem nem olhar para trás.

Hercule Poirot permaneceu no lugar com os olhos arregalados e as sobrancelhas erguidas.

— Tudo isso é muito curioso — murmurou ele. — Curioso e interessante. Tenho as provas de que preciso, é isso? Provas de quê? De um assassinato?

Capítulo 14

I

O Inspetor Bland estava na delegacia de polícia de Helmmouth. O Superintendente Baldwin, um homem grande e bem-apessoado, estava sentado do outro lado da mesa. Entre os dois, no tampo, havia algo escuro e encharcado. O Inspetor Bland cutucou cuidadosamente com um dedo.

— É o chapéu dela mesmo — disse ele. — Tenho certeza disso, embora não ache que possa falar em juízo. Ao que parece, ela gostava de coisas assim. Ao menos, foi o que a empregada me disse. Ela tinha um ou dois desses. Um rosa-claro e uma espécie de cor púrpura, mas ontem estava usando o preto. Sim, é isso. E o senhor o pescou do rio? Isso faz com que pareça que aconteceu da forma que pensamos que aconteceu.

— Nada é certo ainda — falou Baldwin. — Afinal, qualquer um pode jogar um chapéu em um rio.

— Sim — afirmou Bland —, poderiam jogá-lo da garagem náutica ou poderiam jogá-lo de um iate.

— O iate está sendo observado — falou Baldwin. — Se ela está lá, viva ou morta, ainda está lá.

— Ele não desembarcou hoje?

— Até agora, não. Está a bordo. Está sentado em uma cadeira no deque, fumando um charuto.

O Inspetor Bland consultou o relógio.

— Está quase na hora de subirmos a bordo — disse ele.

— Acha que a encontraremos lá? — perguntou Baldwin.

— Eu não apostaria nisso — respondeu Bland. — Tenho a impressão, sabe, de que ele é astuto. — Ele se perdeu em pensamentos por um segundo, cutucando novamente o chapéu. Então, falou: — E quanto ao corpo... se é que havia um corpo? Alguma ideia quanto a isso?

— Sim — falou Baldwin. — Conversei com Otterweight hoje de manhã. Ele já foi da guarda costeira. Sempre o consulto sobre qualquer coisa relacionada a marés e correntes. Mais ou menos na hora que a moça entrou no rio, se é que ela entrou, a corrente seguia em direção ao mar. Estamos na lua cheia agora, e o rio deve estar caudaloso. Acho que ela seria carregada para o mar e a corrente a levaria em direção à costa da Cornualha. Não há certeza de onde o corpo iria aparecer ou se iria aparecer. Já tivemos um ou dois afogamentos por lá e nunca recuperamos os cadáveres. Eles também podem se quebrar nas pedras. Aqui ou em Start Point. Por outro lado, ele *pode* aparecer a qualquer momento.

— Se não aparecer, vai ser difícil — disse Bland.

— Tem certeza absoluta de que ela entrou no rio?

— Não sei para onde mais pode ter ido — falou o Inspetor Bland, sombrio. — Nós checamos os ônibus e trens. Esse lugar é um beco sem saída. Ela estava usando roupas chamativas e não estava acompanhada. Então, devo dizer que ela nunca saiu de Nasse. Ou seu corpo está no mar, ou está escondido em algum lugar da propriedade. — Ele prosseguiu: — O que quero agora é *motivo*. E o cadáver, é claro — falou, como um pensamento tardio. — Não posso chegar a lugar algum até encontrar o cadáver.

— E quanto à outra garota?

— Ela viu o assassinato... ou alguma outra coisa. Vamos chegar às conclusões no final, mas não vai ser fácil.

Baldwin, por sua vez, olhou para o relógio.

— Hora de ir — avisou ele.

Os dois agentes da polícia foram recebidos a bordo do *Espérance* com toda a cortesia charmosa de De Sousa. Ele lhes ofereceu drinques, que foram recusados, e passou a expressar um interesse gentil em suas atividades.

— O senhor conseguiu avançar em suas investigações sobre a morte da garota?

— Estamos prosseguindo — respondeu o Inspetor Bland.

O superintendente assumiu a liderança e expressou, de forma bem delicada, o objetivo da visita.

— Os senhores gostariam de vasculhar o *Espérance*? — De Sousa não pareceu incomodado. Na verdade, soou um tanto contente. — Mas por quê? Acham que escondo o assassino ou que talvez eu mesmo seja o assassino?

— É necessário, Mr. De Sousa, e tenho certeza de que vai entender. Um mandado de busca...

De Sousa ergueu as mãos.

— Estou disposto a cooperar... ávido por isso! Façamos tudo entre amigos. Os senhores são bem-vindos para procurar onde quiserem em meu barco. Ah, talvez pensem que minha prima, Lady Stubbs, esteja aqui? Acham que ela pode ter fugido do marido e se abrigado comigo? Procurem, cavalheiros, por favor, procurem.

A busca foi devidamente realizada, minuciosa. No final, esforçando-se para esconder seu desgosto, os dois agentes da polícia se despediram de Mr. De Sousa.

— Não encontraram nada? Que decepção. Mas avisei aos senhores que seria assim. Talvez queiram aquelas bebidas agora. Não?

Ele os acompanhou até o cais.

— E quanto a mim? — perguntou De Sousa. — Estou livre para partir? Os senhores entendem que este lugar é um pouco monótono. O tempo está bom. Gostaria muito de prosseguir para Plymouth.

— Se possível, senhor, gostaria que permanecesse aqui para o inquérito, que acontecerá amanhã, caso o legista tenha alguma pergunta.

— Ora, certamente. Quero fazer tudo o que for preciso. Mas e depois disso?

— Depois disso, senhor — disse o Superintendente Baldwin, o rosto rígido —, está, claro, livre para seguir para onde quiser.

A última coisa que viram conforme o escaler se afastou do iate foi o rosto sorridente de De Sousa olhando para eles.

II

O inquérito foi quase dolorosamente desprovido de informações interessantes. Com exceção da evidência médica e da evidência de identidade, não havia muito mais para alimentar a curiosidade dos espectadores. Um recesso foi pedido e concedido. Todo o procedimento foi puramente formal.

O que se seguiu ao inquérito, no entanto, não foi tão formal. O Inspetor Bland passou a tarde passeando no *Devon Belle*, o famoso barco a vapor. Saindo de Brixwell às quinze horas, o barco contornava o promontório, prosseguia pela costa, entrava na foz do Helm e subia o rio. Havia mais ou menos outras 230 pessoas a bordo além do Inspetor Bland. Ele se sentou a estibordo, analisando a costa arborizada. Contornaram uma curva do rio e passaram pela garagem náutica isolada de azulejos cinzentos que pertencia ao Parque Hoodown. O inspetor deu uma olhada rápida em seu relógio. Eram apenas 16h15. Estavam se aproximando da garagem náutica da Nasse. Ficava aninhada entre as árvores, com a varandinha e o pequeno cais abaixo. Não havia sinal algum de que alguém estava lá dentro, embora Bland soubesse que *havia* alguém lá. O Oficial Hoskins estava ali a postos, seguindo ordens.

Perto dos degraus da garagem náutica, havia um pequeno escaler. Nele, um homem e uma moça, vestidos como turistas, estavam envolvidos no que parecia ser uma brincadeira bastante violenta. A moça gritava, o homem animadamente fingia que iria jogá-la do barco. Ao mesmo tempo, uma voz retumbante falou em um megafone.

— Senhoras e senhores — disse a voz alta —, estamos agora nos aproximando do famoso vilarejo de Gitcham, onde vamos permanecer por 45 minutos e onde poderão comer caranguejo e lagosta, assim como *Devonshire cream*. À sua direita, temos o terreno da Casa Nasse. Passaremos pela própria casa em dois ou três minutos. Ela poderá ser vista por entre as árvores. Originalmente pertencente a Sir Gervase Folliat, contemporâneo de Sir Francis Drake, que viajou com ele em sua jornada ao Novo Mundo, é hoje propriedade de Sir George Stubbs. À esquerda, temos o famoso rochedo Gooseacre. Lá, senhoras e senhores, havia um costume de colocar esposas mal-humoradas durante a maré baixa e deixá-las lá até a água atingir seus pescoços.

Todos no *Devon Belle* encararam com fascínio o rochedo Gooseacre. Piadas foram feitas e muitas risadas estridentes e gargalhadas foram ouvidas.

Enquanto isso estava acontecendo, o turista no escaler, com um esforço final, empurrou sua amiga no rio. Inclinando-se, ele a manteve na água, rindo e falando:

— Não, não vou tirá-la daí até prometer se comportar.

No entanto, com a exceção do Inspetor Bland, ninguém viu isso. Estavam todos ouvindo o anúncio ao megafone, buscando um vislumbre da Casa Nasse por entre as árvores ou observando, com interesse encantado, o rochedo Gooseacre.

O turista largou a moça, que submergiu e reapareceu no outro lado do barco alguns segundos depois. Ela nadou até ele e subiu a bordo, levantando-se na lateral do escaler com muita prática. A policial Alice Jones era excelente nadadora.

O Inspetor Bland desembarcou em Gitcham com os outros 230 passageiros e comeu uma lagosta com *Devonshire cream* e pãezinhos. Ele disse a si mesmo enquanto comia:

— Então, *pode* ser feito e ninguém iria notar!

III

Enquanto o Inspetor Bland fazia seu experimento no Helm, Hercule Poirot estava experimentando com uma tenda no gramado da Casa Nasse. Era, na verdade, a mesma em que Madame Zuleika lera a sorte das pessoas. Quando o restante das barracas e cabanas foi desmontado, Poirot pediu para que esta permanecesse de pé.

Ele entrou na tenda, fechou-a e foi até a parte traseira. Com habilidade, desamarrou as abas que davam passagem pelos fundos, saiu, voltou a amarrá-las e mergulhou na sebe de rododendros que ficava atrás da tenda. Passando entre dois arbustos, logo chegou a um pequeno caramanchão rústico. Era uma espécie de casa de veraneio com a porta fechada. Poirot abriu a porta e entrou.

Estava muito escuro lá dentro, porque pouquíssima luz passava pelos rododendros que cresceram em torno do lugar desde que ele foi erigido muitos anos atrás. Havia uma caixa com bolas de *croquet* e alguns arcos enferrujados. Havia também um ou dois tacos de hóquei quebrados, uma boa quantidade de pulgões e aranhas e uma marca redonda e irregular na poeira do chão. Poirot a analisou por um bom tempo. Ele se ajoelhou e, pegando uma pequena trena do bolso, mediu com cuidado suas dimensões. Então assentiu, satisfeito.

Ele se retirou sem fazer barulho, fechando a porta. Então seguiu um caminho oblíquo passando pelos arbustos de rododendros. Subiu a colina dessa maneira e saiu, algum tempo depois, na trilha que bifurcava para a extravagância e que descia até a garagem náutica.

Poirot não visitou a extravagância dessa vez, mas seguiu pelo caminho em zigue-zague até chegar à garagem. Tinha a chave consigo, então abriu a porta e entrou.

Com exceção da remoção do cadáver e da bandeja de chá com o copo e o prato, estava exatamente como ele lembrava.

A polícia fizera anotações e fotografara todo o seu conteúdo. Ele foi até a mesa, onde estava a pilha de gibis. Ele os folheou e sua expressão foi a mesma do Inspetor Bland ao perceber as palavras que Marlene anotara antes de morrer. "Jackie Blake sai com Susan Brown." "Peter aborda garotas no cinema." "Georgie Porgie beija turistas no bosque." "Biddy Fox gosta de garotos." "Albert sai com Doreen."

Achou os comentários patéticos em sua rudeza juvenil. Lembrou-se do rosto comum e com espinhas de Marlene. Suspeitava que garotos não a abordavam no cinema. Frustrada, Marlene sentia uma emoção indireta ao espionar e espreitar seus jovens contemporâneos. Ela, um bisbilhoteira, havia espionado pessoas e visto coisas. Coisas que não deveria ter visto — coisas, em geral, não muito importantes, mas talvez, em certa ocasião, algo de maior importância? Algo de cuja importância ela mesma não fazia ideia.

Era tudo conjectura, e Poirot balançou a cabeça, em dúvida. Recolocou a pilha de revistas em quadrinho na mesa, sua paixão por organização sempre em ascensão. Ao fazer isso, teve uma sensação repentina de que alguma coisa estava faltando. Alguma coisa... O que era? Alguma coisa que *deveria* estar aqui... Alguma coisa... Ele balançou a cabeça conforme a impressão elusiva se foi.

Saiu devagar da garagem náutica, infeliz e insatisfeito consigo mesmo. Ele, Hercule Poirot, fora chamado para impedir um assassinato — e não conseguira impedi-lo. O assassinato aconteceu. Porém, ainda mais humilhante, era que ele não fazia ideia, até mesmo agora, do que havia acontecido. Era vergonhoso. E amanhã ele deveria retornar a Londres, derrotado. Seu ego estava seriamente desinflado — até mesmo seu bigode estava caído.

Capítulo 15

Duas semanas depois, o Inspetor Bland teve uma longa e insatisfatória conversa com o chefe de polícia do condado.

O Major Merrall tinha sobrancelhas cheias e irritadiças e parecia um terrier nervoso. Porém, todos os homens gostavam dele e respeitavam seu julgamento.

— Pois bem — disse o Major Merrall. — O que você tem? Nada que possamos usar. E esse sujeito, o De Sousa? Não podemos conectá-lo de forma alguma com a bandeirante. Se o corpo de Lady Stubbs tivesse aparecido, a história seria outra. — Ele baixou as sobrancelhas e olhou para Bland. — Você acredita que *há* um corpo, não?

— O que acha, senhor?

— Ah, concordo com você. De outra forma, já a teríamos encontrado. A não ser, é claro, que tenha planejado tudo com muito cuidado. E não vejo o menor indício disso. Ela não tem dinheiro, você sabe. Já investigamos toda a questão financeira. O dinheiro era de Sir George. Ele lhe dava uma mesada bastante generosa, mas a mulher não tinha um centavo do próprio bolso. E não há sinal de amante. Nem sinal de um, nem fofoca... e haveria, veja bem, em um distrito rural como este. — Ele se levantou e voltou a falar: — A questão central é que não sabemos. *Achamos* que De Sousa, por alguma razão própria desconhecida, matou a prima. O mais provável é que a tenha feito se encontrar com ele na garagem náutica, a fez subir a bordo do escaler e a empurrou do barco. Você testou para ver se isso poderia acontecer?

— Valha-me Deus, senhor! Seria possível afogar uma embarcação inteira de pessoas durante o período de férias no rio ou na costa. Ninguém pensaria nada sobre isso. Todos passam seu tempo gritando e empurrando os outros. Mas o que De Sousa *não sabia* era que a garota estava na garagem náutica, entediada, sem ter nada para fazer e muito provavelmente observando pela janela.

— Hoskins estava olhando a simulação que você preparou e você não o viu?

— Não, senhor. A única forma de saber que havia alguém na garagem náutica seria se a pessoas saísse para o terraço e se revelasse...

— Talvez a garota tenha saído. De Sousa percebe que ela viu o que estava fazendo, desembarca e lida com ela, faz com que ela o deixe entrar na garagem náutica ao perguntar o que está fazendo ali. Ela conta a ele, satisfeita com seu papel na Caça ao Assassino, ele coloca a corda ao redor de seu pescoço como se estivesse brincando... E aí... — O Major Merrall fez um gesto expressivo com as mãos. — Pronto! Pois bem, Bland, pois bem. Digamos que foi assim que aconteceu. É pura suposição. Não temos evidência *alguma*. Não temos um corpo, e, se tentássemos deter De Sousa aqui no país, teríamos um vespeiro nas mãos. Vamos ter que liberá-lo.

— Mas ele irá *embora*, senhor?

— Ele vai atracar a embarcação na semana que vem. Voltar para aquela maldita ilha.

— Então não temos muito tempo — disse o Inspetor Bland, triste.

— Há outras possibilidades, suponho.

— Ah, sim, senhor, há inúmeras *possibilidades*. Ainda acredito que ela deve ter sido assassinada por alguém que estava por dentro da Caça ao Assassino. Podemos inocentar duas pessoas: Sir George Stubbs e o Capitão Warburton. Eles estavam organizando as atrações no gramado e cuidando das coisas durante toda a tarde. Dezenas de pessoas os viram. O mesmo vale para Mrs. Masterton, se é que podemos incluí-la no rol de suspeitos.

— Inclua todos — disse o Major Merrall. — Ela ainda está me telefonando sobre os cães farejadores. Em uma história de detetives — falou ele, cheio de esperança —, ela seria a mulher perfeita para ter *cometido* o assassinato. Mas, ora essa, conheço Connie Masterton muito bem há anos. Simplesmente não consigo vê-la estrangulando bandeirantes por aí ou matando mulheres misteriosas de beleza estrangeira. Agora, quem mais está lá?

— Há Mrs. Oliver — respondeu Bland. — Ela concebeu a Caça ao Assassino. É um tanto excêntrica e ficou sozinha por boa parte da tarde. E também há Mr. Alec Legge.

— O sujeito no chalé rosa, não é?

— Sim. Ele saiu da quermesse relativamente cedo. Ao menos, não foi visto lá. Disse que se cansou daquilo tudo e caminhou de volta ao chalé. Por outro lado, o velho Merdell... o senhor que fica no cais, cuidando das embarcações e verificando que estejam atracadas... disse que Alec Legge passou por ele a caminho do chalé mais ou menos às dezessete horas. Isso faz com que seu paradeiro seja desconhecido durante uma hora. Ele diz, é claro, que Merdell não sabe dizer que horas são e que estava equivocado quanto ao horário em que o viu. Afinal, o homem tem 92 anos.

— Um bocado insatisfatório — disse o Major Merrall. — Não há motivo ou algo parecido que o ligue ao assassinato?

— Ele talvez estivesse tendo um caso com Lady Stubbs — falou Bland, duvidoso —, e ela pode ter ameaçado contar à esposa dele, e ele pode ter acabado com ela, e a garota pode ter visto isso acontecer...

— E ele escondeu o corpo de Lady Stubbs em algum lugar?

— Sim. Mas bem que eu gostaria de saber como ou onde. Meus homens procuraram pelos 65 acres e não há sinal de terra revolvida, e devo dizer que, a essa altura, conhecemos bem cada arbusto que há lá. Ainda assim, digamos que ele conseguiu esconder o cadáver, ele ainda poderia ter jogado o chapéu dela no rio para despistar. E Marlene Tucker o teria visto e por isso ele a matou? Essa parte é sempre a mesma. — O Inspetor Bland fez uma pausa, e então disse: — E, é claro, temos Mrs. Legge...

— O que temos contra ela?

— Ela não estava na tenda de chá das dezesseis às 16h30 como disse que estava — falou o Inspetor Bland, devagar. — Percebi isso assim que falei com ela e com Mrs. Folliat. As evidências apoiam as declarações de Mrs. Folliat. E essa meia hora em particular é crucial. — Mais uma vez, ele fez uma pausa. — Há também o arquiteto, o jovem Michael Weyman. É difícil conectá-lo ao assassinato, mas é o que chamo de um *possível* assassino: um desses rapazes convencidos e audaciosos. Mataria qualquer um e não perderia um fio de cabelo que fosse. Não ficaria surpreso se nem desfizesse o penteado.

— Você é tão respeitável, Bland — disse o Major Merrall. — Como Michael Weyman explica o paradeiro dele?

— De forma bem vaga, senhor. De forma bem vaga.

— Isso prova que é um arquiteto de verdade — apontou o Major Merrall, com raiva. Ele havia construído uma casa perto da costa recentemente. — Eles são tão vagos, que, às vezes, me pergunto se estão mesmo vivos.

— Não sabe onde estava ou quando e ninguém parece tê-lo visto. Há alguma evidência de que Lady Stubbs gostava dele.

— Suponho que esteja fazendo alusão a um daqueles assassinatos sexuais?

— Só estou procurando o que pode ser encontrado, senhor — disse o Inspetor Bland, com dignidade. — E então há Miss Brewis. — Ele fez uma pausa. Uma pausa longa.

— É a secretária, não?

— Sim, senhor. Uma mulher muito eficiente.

Mais uma vez, houve uma pausa. O Major Merrall observou seu subordinado com interesse.

— Tem algo em mente sobre ela, não? — indagou.

— Sim, tenho, senhor. Veja bem, ela admite com muita honestidade que estava na garagem náutica próximo ao horário em que o crime foi cometido.

— Ela admitiria isso se fosse culpada?

— É possível — falou o Inspetor Bland, devagar. — Na verdade, é o melhor que pode fazer. Veja, se ela pega uma bandeja com bolo e suco e diz para todo mundo que está levando para a criança lá embaixo... bem, então, sua presença está explicada. Ela vai até lá, volta e afirma que a garota estava viva naquele momento. Nós acreditamos nela. Mas, se bem se lembra, senhor, e se analisar novamente as evidências médicas, o dr. Cook estabeleceu a hora da morte entre as dezesseis e 16h45. Temos apenas a palavra de Miss Brewis de que Marlene estava viva às 16h15. E há algo curioso que surgiu em seu interrogatório. Ela me disse que foi Lady Stubbs quem lhe mandou levar o bolo e o suco para Marlene. Outra testemunha, porém, afirmou de maneira definitiva que este não era o tipo de coisa em que Lady Stubbs pensaria. E acho, o senhor sabe, que essa pessoa tem razão. Não é do feitio dela. Lady Stubbs era uma mulher bela e fútil que só se preocupava consigo mesma e com a própria aparência. Ela nunca pareceu ter solicitado refeições, ou tido qualquer interesse em cuidar da casa, ou ter pensado em ninguém além de si. Quanto mais analiso isso, mais me parece improvável que ela *tenha* pedido para Miss Brewis levar qualquer coisa para a bandeirante.

— Sabe, Bland — disse Merrall —, você tem algo aí. Mas, nesse caso, qual seria o motivo dela?

— Não há motivo para ter matado a garota — falou Bland —, mas acho que teria um para matar Lady Stubbs. De acordo com Monsieur Poirot, sobre quem já lhe falei, ela é completamente apaixonada pelo patrão. Suponhamos que tenha seguido Lady Stubbs pelo bosque e a matado, e Marlene Tucker, entediada na garagem náutica, saiu e por acaso viu tudo? Então, é claro que ela teria que matar Marlene também. O que faria a seguir? Colocar o corpo da garota na garagem náutica, voltar para a casa, pegar a bandeja e retornar para a garagem náutica. Assim, ela explica a própria ausência da quermesse e temos o testemunho *dela*, nosso único testemunho confiável em relação a isso, *de que Marlene Tucker estava viva às 16h15.*

— Bem — o Major Merrall suspirou —, continue atrás disso, Bland. Continue atrás disso. O que acha que ela fez com o corpo de Lady Stubbs, se for culpada?

— Escondeu-o no bosque, enterrou-o ou o jogou no rio.

— Essa última opção seria bem difícil, não?

— Depende de onde o assassinato foi cometido — disse o inspetor. — Ela é uma mulher deveras robusta. Se não aconteceu longe da garagem náutica, ela *poderia* ter carregado o cadáver e o jogado da beira do cais.

— Com todos os vapores a passeio no Helm de olho?

— Seria só mais uma brincadeira, ainda que um pouco mais violenta. Arriscado, mas possível. Porém eu mesmo acho bem mais plausível que ela tenha escondido o corpo em algum lugar e tenha jogado o chapéu no Helm. É possível, veja bem, que ela, conhecendo bem a casa e a propriedade, soubesse de algum lugar onde esconder um corpo. Ela pode ter conseguido descartá-lo no rio depois. Quem sabe? Isso, é claro, se ela for culpada — falou o Inspetor Bland, numa reflexão tardia. — Mas, na verdade, senhor, continuo com De Sousa...

O Major Merrall estivera fazendo anotações em um bloco de papel. Ele olhou para cima, pigarreando.

— Essa é a questão. É possível resumir da seguinte forma: temos cinco ou seis pessoas que *poderiam* ter matado Marlene Tucker. Algumas são mais prováveis do que outras, mas é tudo o que podemos afirmar. De forma geral, sabemos *por que* ela foi morta. Foi morta porque viu alguma coisa.

Mas até soubermos *exatamente* o que ela viu... *não temos como saber quem a matou.*
— Dito assim, o senhor faz parecer um pouco difícil.
— Ah, *é* difícil. Mas chegaremos lá... no fim.
— E, enquanto isso, aquele sujeito terá saído da Inglaterra... rindo por último... tendo escapado de dois assassinatos.
— Você está bem certo sobre ele, não? Não digo que está equivocado. No entanto...

O chefe de polícia ficou em silêncio por um ou dois segundos, então falou, dando de ombros:
— Enfim, é melhor do que ter um daqueles assassinos psicopatas. A essa altura, já teríamos um terceiro assassinato.
— Bem que dizem que a desgraça nunca vem desacompanhada — falou o inspetor, triste.

Ele repetiu aquele comentário na manhã seguinte quando ouviu que o velho Merdell, voltando para casa de uma visita a seu pub favorito do outro lado do rio, em Gitcham, excedera as doses costumeiras e caíra no rio enquanto se aproximava do cais. O barco foi encontrado à deriva, e o corpo do idoso foi recuperado naquela noite.

O inquérito foi curto e simples. A noite estava escura e nublada, o velho Merdell tinha tomado três canecos de cerveja e, afinal, tinha 92 anos.

O veredito foi de morte acidental.

Capítulo 16

I

Hercule Poirot estava sentado em uma poltrona quadrada em frente à lareira quadrada na sala quadrada de seu apartamento em Londres. Diante dele, havia vários objetos que não eram quadrados: em vez disso, eram curvados de uma forma extrema e quase impossível. Cada um deles, analisado à parte, parecia não ter qualquer função concebível em um mundo são. Suas aparências eram improváveis, irresponsáveis e de todo fortuitas. Mas, na verdade, é claro, não eram nada disso.

Examinados de forma correta, cada um tinha seu lugar particular em um universo particular. Reunidos no local apropriado em seu próprio universo, eles não apenas faziam sentido como formavam uma figura. Em outras palavras, Hercule Poirot estava montando um quebra-cabeça.

Ele olhou para baixo, onde um retângulo ainda formava lacunas de formatos improváveis. Aquela era uma ocupação que ele achava relaxante e agradável. Transformar a desordem em ordem. Era, refletiu ele, um pouco semelhante à sua profissão. Um detetive também enfrentava diversos fatos inusitados de formatos improváveis que não pareciam ter ligação alguma uns com os outros, mas que, ainda assim, tinham, cada um, seu lugar apropriado na montagem harmoniosa do todo. Os dedos habilidosos dele pegaram uma improvável peça cinza-escura e a encaixaram em um céu azul. Era, ele agora percebia, parte de um avião.

— Sim — murmurou Poirot para si mesmo —, isso é o que precisa ser feito. A peça inusitada aqui, a peça improvável ali, a peça não tão racional que não é o que parece; todas elas têm seu lugar apropriado e, quando são encaixadas, *eh bien*, o negócio chega ao fim! Tudo fica claro. Tudo fica, como dizem hoje em dia, *em foco*.

Ele encaixou, em rápida sucessão, uma pequena peça de um minarete, outra que parecia um toldo listrado, mas que na verdade era as costas de um gato e uma peça de um pôr do sol que mudava, com uma rapidez impressionante, digna de um Turner, de laranja para rosa.

Se a pessoa soubesse o que procurar, seria fácil, disse Hercule Poirot para si mesmo. Mas a pessoa não sabe. E, assim, procura nos lugares errados pelas coisas erradas. Ele suspirou, aborrecido. Seus olhos foram do quebra-cabeça diante dele para a poltrona do outro lado da lareira. Não fazia nem meia hora que o Inspetor Bland estivera sentado ali, consumindo chá e bolinhos (quadrados) e falando com pesar. Ele tivera que vir a Londres por causa de um assunto policial e, quando isso foi resolvido, telefonou para Monsieur Poirot. Estivera se perguntando, explicou ele, se Monsieur Poirot tinha alguma opinião. Então prosseguiu, explicando as próprias teorias. Em cada ponto descrito, o detetive concordara com ele. O Inspetor Bland, pensou Poirot, fizera uma investigação muito justa e imparcial do caso.

Passara-se um mês, quase cinco semanas, desde os ocorridos na Casa Nasse. Cinco semanas de estagnação e negação. O corpo de Lady Stubbs não fora encontrado. E ela, se estivesse viva, não fora localizada. A probabilidade, apontou o Inspetor Bland, de a mulher estar viva era mínima. Poirot concordou com ele.

— É claro — disse Bland —, pode ser que o corpo ainda não tenha vindo à tona. Não há como saber se um corpo está na água. Ele ainda pode aparecer, embora vá estar um tanto irreconhecível.

— Há uma terceira possibilidade — falou Poirot.

Bland assentiu.

— Sim — disse ele —, pensei nisso. Não paro de pensar nisso, na verdade. O senhor quer dizer que o corpo está lá... em Nasse, escondido em algum lugar em que nunca pensamos em procurar. É possível. É bastante possível. Uma casa velha em um terreno como aquele... há lugares em que você nunca pensaria... que você nem sabe que estão lá. — Ele fez uma pausa momentânea, refletiu um pouco e então falou: — Eu mesmo fui em uma casa outro dia desses em que construíram um abrigo contra ataques aéreos, o senhor sabe, durante a guerra. Uma coisa frágil, mais ou menos caseira, no jardim, junto à parede da casa, e que abria caminho para dentro da adega. Bem, a guerra acabou, o abrigo colapsou, então, organizaram-no em pilhas irregulares e fizeram uma espécie de jardim ornamental. Caminhando por lá agora, você nunca imaginaria que o lugar já fora um abrigo antiaéreo e que havia uma câmara debaixo dele. Parece que sempre foi *pensado* como um jardim ornamental. E, durante todo esse tempo, por trás de uma prateleira de vinhos, havia uma passagem para lá. É isso que quero dizer. Esse tipo de coisa. Uma espécie de caminho para um lugar que só as pessoas da casa conheceriam. Não imagino que haja um buraco de padre lá ou qualquer coisa assim?

— Muito difícil... não é desse período.

— É o que Mr. Weyman diz... diz que a casa foi construída mais ou menos em 1790. Não havia por que padres se esconderem nessa época. Ao mesmo tempo, o senhor sabe, pode haver... em algum lugar, alguma alteração da estrutura... que só as pessoas da família conheceriam. O que acha, Monsieur Poirot?

— É possível, sim — disse Poirot. — *Mais oui*, decididamente é uma ideia. Se alguém aceita essa possibilidade, o passo seguinte é: quem saberia disso? Alguém hospedado na casa *poderia* saber, suponho?

— Sim. É claro que isso inocenta De Sousa. — O inspetor pareceu insatisfeito. O primo ainda era seu suspeito favorito. — Como o senhor disse, qualquer um que morasse na casa, como um criado ou alguém da família, poderia saber. Alguém que estivesse hospedado lá seria menos provável. Pessoas que apenas frequentavam a casa, como os Legge, seriam menos prováveis ainda.

— A pessoa que com certeza saberia sobre isso e que poderia lhe contar se o senhor perguntasse seria Mrs. Folliat — afirmou Poirot.

Ele achava que Mrs. Folliat sabia de tudo sobre a Casa Nasse. Mrs. Folliat sabia de muita coisa... sabia que Hattie Stubbs estava morta desde o primeiro momento. Sabia, antes de Marlene e Hattie Stubbs morrerem, que este era um mundo cruel com muitas pessoas cruéis. Mrs. Folliat, pensou Poirot, aborrecido, era a chave de tudo. Porém, refletiu ele, era uma chave que não giraria fácil na fechadura.

— Eu interroguei aquela senhora diversas vezes — disse o inspetor. — Ela foi muito boa, muito agradável, e pareceu bastante angustiada por não ter podido ajudar em nada.

"Mas ela não podia ou não estava disposta a ajudar?", pensou Poirot. Bland talvez estivesse pensando o mesmo.

— Há mulheres — comentou ele — que não podem ser forçadas a cooperar. Não é possível assustá-las, ou persuadi-las, ou enganá-las.

"Não", pensou Poirot, "não seria possível forçar, persuadir ou enganar Mrs. Folliat."

O inspetor terminou o chá, deu um suspiro e se foi, e Poirot pegou o quebra-cabeça para aliviar a exasperação crescente. Pois ele estava exasperado. Exasperado e humilhado. Mrs. Oliver havia chamado ele, Hercule Poirot, para elucidar um mistério. Ela sentira algo errado, e *havia* algo errado. E ela confiara em Hercule Poirot para evitar aquilo — o que ele não conseguiu fazer — e, depois, para descobrir o assassino, e ele *não* descobrira o assassino. Estava na escuridão, no tipo de escuridão em que, de quando em quando, havia reflexos desconcertantes de luz. Vez ou outra, ou assim lhe parecia, ele tinha um desses vislumbres. Mas sempre falhara em conseguir chegar mais longe. Falhara em avaliar o valor do que parecia, por um breve momento, ter vislumbrado.

Poirot se levantou, foi para o outro lado da lareira, rearrumou a segunda poltrona quadrada para que ficasse em um ângulo geométrico definido e se acomodou nela. Tinha passado do quebra-cabeça de madeira pintada e papelão para o quebra-cabeça do assassinato. Pegou um caderninho do bolso e escreveu, com uma caligrafia pequena e elegante:

Etienne de Sousa, Amanda Brewis, Alec Legge, Sally Legge, Michael Weyman.

Era fisicamente impossível que Sir George ou Jim Warburton tivessem matado Marlene Tucker. Visto que não era fisicamente impossível que Mrs. Oliver o tivesse feito, acrescentou o nome dela após um espaço. Também colocou o nome de Mrs. Masterton, visto que não se lembrava de tê-la visto no gramado durante todo o intervalo entre as dezesseis e 16h45. Acrescentou o nome de Henden, o mordomo; mais porque havia um mordomo sinistro na Caça ao Assassino de Mrs. Oliver do que por suspeitar do artista de cabelo escuro com a baqueta do gongo. Também escreveu "rapaz com camisa de tartaruga" com um ponto de interrogação. Então sorriu, balançou a cabeça, tirou um alfinete da lapela do paletó, fechou os olhos e enfiou o alfinete no papel. Era um método tão bom quanto qualquer outro, pensou.

Ficou legitimamente incomodado quando o alfinete trespassou a última anotação.

— Sou um imbecil — praguejou Hercule Poirot. — O que um rapaz usando uma camisa de tartaruga tem a ver com isso?

No entanto, também percebeu que deve ter tido uma razão para ter incluído esse enigmático personagem na lista.

Ele se lembrou do dia em que se sentara na extravagância e da surpresa no rosto do rapaz ao encontrá-lo lá. Não era um rosto muito agradável, apesar da boa aparência da juventude. Um rosto arrogante e brutal. O jovem fora até lá com algum propósito. Fora se encontrar com alguém, e fazia sentido dizer que esse alguém era uma pessoa que ele ou não poderia encontrar, ou não desejava encontrar da maneira normal. Era um encontro, na verdade, que não deveria chamar atenção. Um encontro condenável. Algo a ver com o assassinato?

Poirot prosseguiu com suas reflexões. Um rapaz que estava hospedado no albergue — ou seja, um rapaz que estaria nas cercanias por duas noites no máximo. Ele chegou lá por acaso? Um dos muitos jovens estudantes visitando a Grã-Bretanha? Ou fizera a viagem com um propósito específico, para encontrar uma pessoa específica? O que pareceu um encontro casual pode ter acontecido no dia da quermesse — e possivelmente aconteceu.

"Sei de bastante coisa", refletiu Hercule Poirot. "Tenho em minhas mãos muitas e muitas peças do quebra-cabeça. Tenho uma ideia do *tipo* de crime que aconteceu — mas talvez não esteja olhando para ele da forma correta."

Ele virou a página do caderninho e escreveu:

Lady Stubbs pediu para Miss Brewis levar o chá para Marlene? Se não, por que Miss Brewis disse que ela pediu?

Poirot levou aquele ponto em consideração. Miss Brewis poderia muito bem ter pensado em levar bolo e suco para a garota sozinha. Mas, se foi o que aconteceu, por que simplesmente não disse isso? Por que mentir dizendo que Lady Stubbs lhe pediu para fazer isso? Será que foi porque Miss Brewis chegou na garagem náutica *e encontrou Marlene morta*? A não ser que a própria Miss Brewis fosse culpada do assassinato, aquilo parecia muito improvável. Ela não era uma mulher nervosa nem imaginativa. Se tivesse encontrado a garota morta, decerto teria avisado de imediato, não?

Por algum tempo, ele encarou as duas perguntas que havia escrito. Não conseguia afastar a sensação de que, em algum lugar daquelas palavras, havia uma pista vital para a verdade que lhe escapava. Após quatro ou cinco minutos de reflexão, escreveu mais uma coisa:

Etienne de Sousa declarou que tinha enviado uma carta para a prima três semanas antes de chegar à Casa Nasse. Essa afirmação é verdadeira ou falsa?

Poirot tinha quase certeza de que era falsa. Ele se lembrou da cena à mesa do café. Não parecia haver razão terrena para que Sir George ou Lady Stubbs fingissem surpresa e, no caso dela, desalento. Ele não via propósito nisso. Supondo, no entanto, que Etienne de Sousa mentira, *por que* fez isso? Para dar a impressão de que sua visita fora anunciada e de que era bem-vindo? Talvez, mas parecia ser uma razão muito duvidosa. Com certeza não havia evidência *alguma* de que tal carta tivesse sido escrita ou recebida. Foi uma tentativa de De Sousa de estabelecer boa-fé, para fazer parecer que sua visita era natural e até mesmo esperada? Decerto Sir George o recebera de forma amigável o bastante, embora não o conhecesse.

Poirot fez uma pausa, seus pensamentos de súbito paralisados. *Sir George não conhecia De Sousa. Sua esposa, que o conhecia, não o viu.* Havia algo *ali*, talvez? Seria possível que o Etienne de Sousa que chegara no dia da quermesse não fosse o verdadeiro? Ele considerou aquela ideia, mas não conseguiu ver sentido nela. O que De Sousa tinha a ganhar ao vir e se apresentar como De Sousa se não era ele? Nesse caso, De Sousa não tinha nada a ganhar com a morte da prima. Hattie, como a polícia havia verificado, não tinha um centavo, com exceção do que recebia do marido.

Poirot tentou se lembrar exatamente do que ela dissera para ele naquela manhã: "Ele é um homem mau. Ele faz coisas ruins". E, de acordo com Bland, ela dissera para o marido: "Ele mata pessoas".

Havia algo muito significativo ali, agora que todos os fatos estavam sendo examinados. *Ele mata pessoas.*

No dia em que Etienne de Sousa chegara à Casa Nasse, uma pessoa com certeza foi morta, possivelmente duas. Mrs. Folliat dissera que os comentários melodramáticos de Hattie deveriam ser ignorados. Fora bem enfática nesse ponto. Mrs. Folliat...

Hercule Poirot franziu a testa, então bateu a mão no braço da poltrona, fazendo barulho.

— Sempre... sempre retorno a Mrs. Folliat. Ela é a chave de tudo isso. Se eu soubesse o que ela sabe... Não posso mais só ficar sentado em uma poltrona pensando. Não, devo pegar outro trem para Devon e visitar Mrs. Folliat.

II

O detetive fez uma pausa momentânea na frente dos grandes portões de ferro fundido da Casa Nasse. Olhou adiante, para o caminho que fazia uma curva. Não era mais verão. Folhas douradas e amarronzadas caíam gentilmente das árvores. Ali perto, as margens gramadas estavam salpicadas de pequenas cíclames-da-pérsia violetas. Poirot suspirou. A beleza da Casa Nasse o atraía, apesar de tudo. Ele não era um grande admirador da natureza, gostava de coisas aparadas e organizadas, mas não podia deixar de apreciar a beleza delicada e selvagem do conjunto de arbustos e árvores.

À sua esquerda estava a pequena edícula branca com pórticos. Era uma bela tarde. Provavelmente, Mrs. Folliat não estaria em casa. Estaria do lado de fora, em algum lugar, com sua cesta de jardinagem ou talvez visitando amigos na vizinhança. Ela tinha muitos amigos. Aquela era sua casa e assim foi por muitos anos. O que o velho no cais havia dito? "Sempre vai haver Folliat em Nasse."

Poirot deu batidas leves à porta da edícula. Poucos segundos depois, ouviu passos lá dentro. Para seus ouvidos, eles soavam lentos e quase hesitantes. Então a porta se abriu e Mrs. Folliat foi enquadrada pelo batente. Poirot ficou surpreso ao ver como ela parecia velha e frágil. Ela o encarou sem acreditar por um ou dois segundos, então falou:

— Monsieur Poirot? O senhor!

Por um momento, pensou ter visto medo nos olhos dela, mas talvez fosse pura imaginação de sua parte. Ele falou educadamente:

— Posso entrar, madame?

— Mas é claro.

Ela já havia recuperado a compostura e, com um gesto, convidou-o a entrar, abrindo caminho para sua pequena sala de estar. Havia algumas delicadas pinturas de Chelsea acima da lareira, um par de poltronas coberto por um requintado ponto de agulha e um serviço de chá Derby na pequena mesa. Mrs. Folliat disse:

— Vou pegar outra xícara.

Poirot levantou a mão em protesto, mas ela o ignorou.

— É claro que o senhor deve tomar chá.

Ela se retirou do cômodo. Ele olhou ao redor mais uma vez. Um bordado, um ponto de agulha que seria um assento de poltrona, repousava sobre a mesa ainda com a agulha. Encostada à parede, uma prateleira com livros. Havia também um pequeno amontoado de quinquilharias, além de um retrato desbotado em uma moldura prateada de um homem de uniforme, com bigode rígido e queixo fraco.

Mrs. Folliat retornou ao cômodo com uma xícara e um pires na mão.

Poirot perguntou:

— Seu marido, madame?

— Sim.

Notando que os olhos do detetive esmiuçavam a prateleira mais alta, como se buscasse outras fotografias, ela disse bruscamente:

— Não gosto muito de fotografias. Elas nos fazem viver muito no passado. É preciso saber esquecer. É preciso podar a madeira morta.

Poirot se lembrou de que, na primeira vez em que vira Mrs. Folliat, ela estivera podando um arbusto com tesouras de jardim. Na ocasião, a idosa dissera algo, ele lembrava, sobre madeira morta. Poirot olhou para Mrs. Folliat, pensativo, avaliando o caráter dela. Uma mulher enigmática que, apesar da gentileza e da fragilidade de sua aparência, tinha um lado que poderia ser impiedoso. Uma mulher que podia podar madeira morta não apenas de plantas, mas da própria vida...

Ela se sentou e serviu uma xícara de chá, perguntando:

— Leite? Açúcar?

— Três torrões, se possível, madame.

Ela lhe entregou a xícara e falou de maneira casual:

— Fiquei surpresa em vê-lo. De algum modo, não imaginei que o senhor passaria nesta parte do mundo novamente.

— Não estou exatamente de passagem — informou Poirot.

— Não? — questionou ela, com as sobrancelhas levemente erguidas.

— Minha visita a esta parte do mundo é intencional.

Ela ainda o observava com olhos questionadores.

— Vê-la foi um dos motivos que me trouxeram aqui, madame.

— É mesmo?

— Em primeiro lugar... houve alguma notícia da jovem Lady Stubbs?

Mrs. Folliat balançou a cabeça.

— Recuperaram um corpo outro dia desses na Cornualha — informou ela. — George foi até lá para ver se conseguia identificá-lo. Mas não era ela. — Mrs. Folliat acrescentou: — Estou muito triste por George. A tensão tem sido bem grande.

— Ele ainda acredita que a esposa possa estar viva?
Mrs. Folliat negou com a cabeça, devagar.

— Acho — falou — que perdeu as esperanças. Afinal, se Hattie estivesse viva, não conseguiria se esconder de forma tão bem-sucedida com toda a imprensa e a polícia atrás dela. Mesmo que algo como perda de memória lhe acometesse... bem, decerto a polícia já a teria encontrado a essa altura, não?

— É o que imagino — respondeu Poirot. — A polícia ainda está fazendo buscas?

— Suponho que sim. Não sei bem.

— Mas Sir George perdeu as esperanças.

— Não é o que ele diz — contou Mrs. Folliat. — É claro que não o tenho visto tanto ultimamente. Ele tem passado muito tempo em Londres.

— E a menina assassinada? Não houve desenvolvimento algum?

— Não que eu saiba. — Ela acrescentou: — Parece um crime absurdo... completamente sem sentido. Pobre criança...

— Vejo que ainda se entristece ao pensar nela, madame.

Mrs. Folliat não respondeu por um ou dois segundos. Então, falou:

— Acho que, quando chegamos a certa idade, a morte de qualquer pessoa mais jovem nos incomoda demais. Nós, velhos, esperamos morrer, mas aquela criança tinha uma vida inteira pela frente.

— Poderia não ter sido uma vida muito interessante.

— Talvez não de nosso ponto de vista, mas poderia ter sido interessante para ela.

— E embora, como diz, nós, velhos, esperemos morrer — falou Poirot —, no fundo, não queremos que aconteça. *Eu*, ao menos, não quero. Ainda acho a vida muito interessante.

— Eu não sei se concordo. — Ela falou mais para si mesma do que para ele, os ombros caindo ainda mais. — Estou tão cansada, Monsieur Poirot. Não estarei apenas preparada, serei grata quando minha hora chegar.

Poirot olhou para ela. Perguntou-se, como havia se perguntado antes, se a mulher diante dele estava doente, alguém que talvez tivesse o conhecimento ou até a certeza de uma morte iminente. De outra forma, não podia explicar o intenso cansaço e a lassidão de suas maneiras. A lassidão, sentiu ele, não era de fato característica da mulher. Sentia que Amy Folliat era uma mulher de caráter, energia e determinação. Vivera muitas situações adversas: a perda da casa, da fortuna e dos filhos. A tudo isso, sobreviveu. Podara a "madeira morta", como ela mesma colocou. Mas havia algo em sua vida naquele momento que não poderia podar, que ninguém poderia podar. Se não fosse uma doença física, ele não sabia o que era. Mrs. Folliat deu um pequeno sorriso repentino como se lesse seus pensamentos.

— Ora, o senhor sabe que não tenho muito pelo que viver, Monsieur Poirot — disse ela. — Tenho diversos amigos, mas nenhum parente próximo, não tenho família.

— A senhora tem sua casa — comentou Poirot, por impulso.

— O senhor quer dizer Nasse? Sim...

— A casa é *sua*, não? Embora tecnicamente seja propriedade de Sir George Stubbs. Agora que ele foi para Londres, a senhora reina no lugar dele.

Mais uma vez, Poirot viu medo nos olhos dela. Quando falou, sua voz tinha um ar gelado.

— Não sei o que quer dizer, Monsieur Poirot. Sou grata a Sir George por ceder a edícula para mim, mas eu a alugo. Pago uma taxa anual por ela, com o direito de caminhar pela propriedade.

Poirot estendeu as mãos.

— Peço desculpas, madame. Não tive a intenção de insultá-la.

— Sem dúvida não entendi bem o que o senhor quis dizer — repetiu Mrs. Folliat, friamente.

— É um lugar lindo — afirmou Poirot. — Uma bela casa, uma bela propriedade. Tem um aspecto de muita paz, muita serenidade.

— Sim. — O rosto dela se iluminou. — Sempre sentimos isso. Senti quando criança, quando vim para cá pela primeira vez.

— Mas há paz e serenidade *agora*, madame?

— Por que não haveria?

— Assassinato impune — disse Poirot. — Derramamento de sangue inocente. Até que essa sombra desapareça, não haverá paz. — Ele acrescentou: — Acho que sabe disso, madame, tão bem quanto eu.

Mrs. Folliat não respondeu. Ela não se moveu ou falou. Estava sentada completamente parada, e Poirot não fazia ideia do que estava pensando. Ele se inclinou um pouco para a frente e voltou a falar.

— Madame, a senhora sabe muito... talvez tudo... sobre esse assassinato. Sabe quem matou a garota, sabe *por quê*. Sabe quem matou Hattie Stubbs, sabe, talvez, onde o corpo dela está.

Então, Mrs. Folliat falou, sua voz saindo alta, quase agressiva:

— Não sei de nada. *Nada*.

— Talvez eu tenha usado a palavra errada. A senhora não sabe, mas acho que consegue *adivinhar*, madame. Tenho quase certeza de que consegue.

— Agora o senhor está sendo... com o perdão da palavra... absurdo!

— Não é absurdo... é algo completamente diferente... é *perigoso*.

— Perigoso? Para quem?

— Para a senhora, madame. Enquanto mantiver esse segredo, estará em perigo. Conheço assassinos melhor do que a senhora.

— Já disse que não sei de nada.

— Mas suspeita...

— Não tenho suspeita alguma.

— Perdoe-me, mas isso não é verdade, madame.

— Falar de meras suspeitas seria errado... seria até cruel.

Poirot se inclinou.

— Tão cruel quanto o que aconteceu aqui um mês atrás?

Ela se encolheu na poltrona. E sussurrou:

— Não mencione isso para mim. — E então acrescentou com um longo suspiro trêmulo: — Enfim, está acabado agora. Concluído... finalizado.

— Como pode dizer isso, madame? Digo-lhe, por experiência própria, que algo *nunca* tem fim quando se trata de um assassino.

Ela balançou a cabeça.

— Não. Não, acabou. E, de qualquer maneira, não há nada que *eu* possa fazer. Nada.

Ele se levantou e olhou para ela. Mrs. Folliat falou, quase com repreensão:

— Ora, até a polícia desistiu.

Poirot balançou a cabeça.

— Ah, não, madame, está enganada. A polícia não desiste. E eu — disse ele — também não. Lembre-se disso, madame: eu, Hercule Poirot, não desisto.

Aquelas eram palavras clássicas de despedida.

Capítulo 17

Depois de deixar Nasse, Poirot foi até o vilarejo onde, após algumas perguntas, encontrou o chalé ocupado pelos Tucker. As batidas à porta ficaram sem resposta por alguns segundos, pois foram abafadas pelo tom de voz agudo de Mrs. Tucker.

— E no que você estava pensando, Jim Tucker, quando entrou em casa e pisou em meu belo chão de linóleo com essas botas? Já falei para você mais de mil vezes. Passei a manhã inteira encerando o chão, isso mesmo, e agora dê uma olhada nele.

Um leve ruído denotava a reação de Mr. Tucker a esse comentário. No geral, soava apaziguador.

— Você não podia ter esquecido. É essa sua pressa para ouvir as notícias esportivas no rádio. Não teria demorado nem dois minutos para tirar as botas. E você, Gary, tome cuidado com esse pirulito. Não quero nenhum dedo pegajoso perto de meu bule de chá de prata. Marilyn, tem alguém batendo à porta. Vá ver quem é.

A porta se abriu um pouco e uma criança de mais ou menos 11 ou 12 anos observou Poirot com suspeita. Uma bochecha estava inchada com um doce. Ela era uma criança gorda com pequenos olhos azuis e uma beleza um tanto porcina.

— É um homem, mãe! — gritou ela.

Mrs. Tucker, com mechas de cabelo dependuradas sobre o rosto quente, veio até a porta.

— O que é? — perguntou ela, bruscamente. — Não queremos... — Ela parou, um leve olhar de reconhecimento surgindo em seu rosto. — Ora, não vi o senhor com a polícia naquele dia?

— Sinto muito, madame, se a fiz se lembrar de coisas dolorosas — disse Poirot, entrando firmemente pela porta.

Mrs. Tucker deu uma rápida e agonizante olhada para seus pés, mas os sapatos pontudos de couro envernizado de Poirot caminharam apenas na estrada. Não havia lama sendo depositada no linóleo belamente encerado de Mrs. Tucker.

— Pode entrar, por favor, senhor — convidou ela, dando passagem a ele e abrindo a porta de um cômodo à sua direita.

Poirot foi conduzido a uma saleta bastante arrumada. Cheirava a lustra-móveis e polidor de metais, e continha uma vasta mobília jacobina: uma mesa redonda, dois vasos de gerânios, um elaborado anteparo de bronze e uma grande variedade de enfeites de porcelana.

— Sente-se, senhor. Não consigo me lembrar de seu nome. Na verdade, acho que nunca nos apresentamos.

— Meu nome é Hercule Poirot — falou o detetive. — Eu me vi mais uma vez nesta parte do mundo e vim aqui oferecer minhas condolências e perguntar para a senhora se houve algum desenvolvimento na investigação. Acredito que já tenham descoberto o assassino de sua filha.

— Nem sinal dele — disse Mrs. Tucker com certo amargor na voz. — O que é mesmo uma vergonha, se quer saber. Minha opinião é que a polícia não se incomoda quando são pessoas como nós. E, de qualquer maneira, o que é a polícia? Se são todos como Bob Hoskins, é uma surpresa que o país inteiro não seja uma zona criminosa. Tudo que ele faz é passar o tempo de olho nos carros estacionados na rua.

Nesse momento, Mr. Tucker, sem as botas, apareceu no batente da porta, andando de meias. Era um homem grande, com o rosto avermelhado e uma expressão pacífica.

— Não tem nada de errado com a polícia — disse ele com a voz rouca. — Eles têm problemas como todo mundo. É que alguns maníacos não são tão fáceis de achar. Parecem com você e comigo, se é que me entende — falou, dirigindo-se a Poirot.

A menininha que abrira a porta para Poirot surgiu atrás do pai, e um garoto de talvez 8 anos enfiou a cabeça por cima do ombro dela. Eles encaravam o detetive com um interesse intenso.

— Esta é sua filha mais nova, suponho — falou o detetive.

— Sim, esta é Marilyn — disse Mrs. Tucker. — E aquele é Gary. Venha falar com as visitas, Gary, e seja educado.

O menino se afastou.

— Ele é tímido — explicou a mãe.

— Foi muito educado de sua parte — falou Mr. Tucker — vir aqui e perguntar sobre Marlene. Ah, aquilo foi terrível, com certeza.

— Acabei de visitar Mrs. Folliat — disse Monsieur Poirot. — Ela parece sentir o mesmo.

— Ela tem estado mal desde o ocorrido — comentou Mrs. Tucker. — Mrs. Folliat é uma senhora e foi um choque para ela, já que aconteceu em sua propriedade.

Poirot notou mais uma vez a suposição inconsciente que todos pareciam ter de que a Casa Nasse ainda pertencia a Mrs. Folliat.

— Isso a fez se sentir responsável, de certa maneira — falou Mr. Tucker —, não que ela tenha algo a ver com o ocorrido.

— Quem foi a pessoa que sugeriu que Marlene deveria fazer o papel de vítima? — perguntou Poirot.

— A senhora de Londres que escreve livros — respondeu Mrs. Tucker, de pronto.

Poirot logo falou:

— Mas ela era uma estranha. Ela nem mesmo conhecia Marlene.

— Foi Mrs. Masterton quem reuniu as meninas — disse Mrs. Tucker — e suponho que foi ela quem disse que Marlene faria a vítima. E minha filha, devo dizer, ficou bem empolgada com a ideia.

Mais uma vez, Poirot sentiu que tinha chegado a um beco sem saída. Mas ele sabia agora o que Mrs. Oliver sentira quando telefonou para ele pela primeira vez. Alguém estivera trabalhando nas sombras, alguém que impingira os próprios desejos por outras personalidades reconhecíveis. Mrs. Oliver, Mrs. Masterton. Elas eram apenas fantoches. Ele falou:

— Eu me pergunto, Mrs. Tucker, se Marlene já conhecia esse... hum... maníaco homicida.

— Ela não conheceria ninguém assim — respondeu Mrs. Tucker, resoluta.

— Ah — falou Poirot —, porém, como seu marido acabou de mencionar, esses maníacos são muito difíceis de identificar. Eles se parecem com... hum... você e eu. Alguém pode ter falado com Marlene durante a quermesse ou até antes disso. Feito amizade com ela de uma forma perfeitamente inofensiva. Dado presentes, talvez.

— Ah, não, senhor, nada do tipo. Marlene não teria aceitado presentes de estranhos. Eu a criei bem.

— Mas ela pode não ter visto mal algum nisso — insistiu Poirot. — Suponhamos que fosse uma moça simpática que tenha lhe oferecido mimos.

— Alguém, o senhor quer dizer, como Mrs. Legge no Chalé do Moinho.

— Sim — disse Poirot. — Alguém como ela.

— Ela deu um batom a Marlene, foi mesmo — falou Mrs. Tucker. — Eu fiquei louca da vida. Disse que não ia deixar que ela passasse aquela porcaria na cara. Pense no que seu pai ia dizer. Bem, ela respondeu, insolente como era: "Foi a mulher no chalé dos Lawder que deu para mim. Disse que ia combinar muito comigo". Bem, falei para ela não dar ouvidos ao que as mulheres de Londres diziam. Não tem problema *elas* pintarem o rosto, escureceram os cílios e tudo o mais. Mas você é uma menina decente, falei, e lave esse rosto com água e sabão até ficar com mais idade.

— Mas imagino que ela não tenha concordado com a senhora — sugeriu Poirot, sorrindo.

— Quando eu falo alguma coisa, é para me obedecer — disse Mrs. Tucker.

Marilyn, a menina gordinha, de repente deu uma risada contente. Poirot lhe lançou um olhar intenso.

— Mrs. Legge deu mais alguma coisa para Marlene? — perguntou ele.

— Acredito que tenha dado um cachecol ou algo parecido... um que ela não usava mais. Uma coisa chamativa, mas de qualidade ruim. Eu reconheço uma coisa boa quando a vejo — respondeu Mrs. Tucker, assentindo. — Trabalhei na Casa Nasse quando era criança, é verdade. As mulheres naquela época usavam roupas apropriadas. Nada de cores berrantes e todo esse náilon e raiom; seda boa. Ora, alguns de seus vestidos de tafetá duraram muito sem precisar de conserto algum.

— As garotas gostam de um pouco de elegância — comentou Mr. Tucker, indulgente. — Não me importo com cores vivas, mas não admito a porcaria do batom.

— Fui um pouco dura com ela — falou Mrs. Tucker, os olhos de repente marejados —, e ela se foi daquela maneira terrível. Desejei depois não ter falado de um jeito tão brusco. Ah, ultimamente parece que só tivemos problemas e funerais. A desgraça nunca vem desacompanhada, como dizem por aí, e é verdade.

— Vocês perderam mais alguém? — perguntou Poirot, com educação.

— Meu sogro — explicou Mr. Tucker. — Ele fez a travessia da balsa no barco dele, vindo do pub tarde da noite, e deve ter pisado em falso ao subir no cais e caiu no rio. É claro que, com aquela idade, deveria ter ficado em casa. Mas não dá para fazer nada com esses velhos. Ele ficava vagando pelo cais.

— Meu pai sempre foi muito bom com barcos — falou Mrs. Tucker. — Antigamente, cuidava deles para Mr. Folliat. Anos e anos atrás. Não que tenha sido uma grande perda. Já estava com bem mais de 90 anos, e era muito difícil de lidar. Sempre murmurando alguma bobagem ou outra. A hora dele tinha chegado. Mas, é claro, tivemos que fazer um belo enterro... e dois funerais custam um bom dinheiro.

Poirot ignorou aquelas reflexões econômicas, pois uma leve lembrança estava surgindo.

— Um homem idoso... no cais? Lembro-me de falar com ele. Qual era seu nome...?

— Merdell, senhor. Era meu sobrenome antes de me casar.

— Seu pai, se me lembro corretamente, era o jardineiro-chefe de Nasse?

— Não, era meu irmão mais velho. Eu era a caçula da família... havia onze de nós. — Ela acrescentou com algum orgulho: — Por anos, houve vários Merdell em Nasse, mas estão todos longe agora. Meu pai era o último de nós.

Poirot murmurou:

— *Sempre vai haver Folliat em Nasse.*

— Perdão, senhor?

— Estava repetindo o que seu pai disse para mim no cais.

— Ah, ele falava muita besteira, meu pai. Eu tinha que calar a boca dele de forma bem grosseira de vez em quando.

— Então Marlene era neta de Merdell — falou Poirot. — Sim, começo a ver isso. — O detetive ficou em silêncio por um instante, uma animação imensa surgindo dentro dele. — A senhora disse que seu pai se afogou no rio?

— Sim, senhor. Bebeu um pouco demais, foi. De onde ele tirou o dinheiro, eu não sei. É claro que ele recebia umas gorjetas vez ou outra no cais, ao ajudar as pessoas com os barcos ou estacionando carros. Ele era muito esperto quando se tratava de esconder dinheiro de mim. Sim, infelizmente ele bebeu demais. Se atrapalhou, eu diria, ao sair do barco e subir no cais. Então caiu e se afogou. O corpo apareceu em

Helmmouth no dia seguinte. É incrível, na verdade, que não tenha acontecido antes, ele com 92 anos e sem enxergar direito.

— O fato é que *não* aconteceu antes...

— Ah, bem, acidentes acontecem, mais cedo ou mais tarde...

— Acidente — disse Poirot, refletindo. — Eu me pergunto...

Ele se levantou. E murmurou:

— Eu deveria ter adivinhado. Deveria ter adivinhado há muito tempo. A criança praticamente me contou...

— Como é, senhor?

— Não é nada — falou Poirot. — Mais uma vez, ofereço-lhes minhas condolências pela morte de sua filha e de seu pai.

Ele apertou a mão de ambos e foi embora, dizendo para si mesmo:

— Fui um tolo... um tolo completo. Encarei tudo da maneira errada.

— Ei... senhor.

Era um sussurro cuidadoso. Poirot olhou ao redor. Marilyn, a menina gordinha, estava de pé na sombra da parede do chalé. Ela acenou para o detetive e falou baixinho:

— A mamãe não sabe de tudo. Marlene não ganhou o cachecol da mulher do chalé.

— Onde ela o conseguiu, então?

— Comprou em Torquay. Comprou um batom também, e um perfume... *Newt in Paris*... um nome engraçado. E um vidrinho de base, que ela viu em uma propaganda. — Marilyn deu risadinhas. — A mamãe não sabe. Ela escondeu tudo nos fundos da cômoda, a Marlene, debaixo das roupas de inverno. Ela ia na loja do ponto de ônibus e se arrumava toda quando ia ao cinema. — Marilyn deu mais risadinhas. — A mamãe nunca soube.

— Sua mãe não encontrou essas coisas depois que sua irmã morreu?

Marilyn balançou a cabeça, o cabelo se movendo.

— Não — respondeu. — Eu peguei tudo... e coloquei em minha cômoda. A mamãe não sabe.

Poirot a encarou, pensativo, e disse:
— Você parece uma garota muito esperta, Marilyn.
A menina sorriu de forma um tanto tímida.
— Miss Bird diz que nem adianta eu tentar aprender a gramática da escola.
— Gramática não é tudo — falou Poirot. — Diga-me, como Marlene conseguiu dinheiro para comprar essas coisas?
Marilyn olhou com atenção para o cano da calha.
— Não sei — murmurou ela.
— Acho que sabe — falou Poirot.
Despudoradamente, ele retirou meia-coroa do bolso e logo depois acrescentou outra meia-coroa ao montante.
— Acredito — disse ele — que há uma nova cor, muito atraente, de batom chamada "Beijo de Carmim".
— Parece incrível — falou Marilyn, a mão avançando em direção aos cinco xelins. Ela falou em um sussurro acelerado:
— Ela bisbilhotava por aí, a Marlene. Via tudo o que estava acontecendo... o senhor sabe. Então prometia não contar e as pessoas davam presentes a ela, entendeu?
Poirot entregou os cinco xelins.
— Entendi — disse ele.
Ele assentiu para Marilyn e se afastou. Murmurou novamente, mas, dessa vez, com um significado intensificado:
— Entendi.
Tantas coisas passaram a fazer sentido. Não tudo. A situação ainda não estava clara — mas ele estava no caminho certo. Um caminho perfeitamente claro até o fim, se ele tivesse tido a sabedoria para vê-lo. A primeira conversa que teve com Mrs. Oliver, algumas palavras casuais de Michael Weyman, a importante troca de palavras com o velho Merdell no cais, uma frase esclarecedora dita por Miss Brewis, a chegada de Etienne de Sousa.

Havia uma cabine telefônica ao lado do correio do vilarejo. Ele entrou na cabine e discou um número. Alguns minutos depois, estava falando com o Inspetor Bland.

— Monsieur Poirot, onde o senhor está?
— Estou aqui, em Nassecombe.
— Mas estava em Londres ontem à tarde?
— Com um bom trem, só leva três horas e meia para chegar aqui — apontou Poirot. — Tenho uma pergunta para o senhor.
— Pois não?
— Que tipo de iate Etienne de Sousa tinha?
— Acho que posso adivinhar no que está pensando, Monsieur Poirot, mas asseguro-lhe de que não era nada do tipo. Não era apropriado para fazer contrabando, se é o que está dizendo. Não havia divisórias escondidas ou compartimentos secretos. Nós teríamos encontrado, se existissem. Não havia lugar algum lá em que ele poderia ter escondido um corpo.
— O senhor está enganado, *mon cher*, não foi isso que quis dizer. Só estou perguntando que tipo de iate, grande ou pequeno?
— Ah, era muito luxuoso. Deve ter custado os olhos da cara. Todos os acessórios eram bem elegantes, recém-pintados.
— Exatamente — falou Poirot, soando tão satisfeito que o Inspetor Bland se sentiu um tanto surpreso.
— Aonde quer chegar, Monsieur Poirot? — perguntou ele.
— Etienne de Sousa — falou Poirot — é um homem rico. Isso, meu amigo, é bastante significativo.
— Por quê? — indagou o Inspetor Bland.
— Isso se encaixa em minha última teoria — respondeu Poirot.
— Tem uma teoria, então?
— Sim. Finalmente. Até agora, fui deveras estúpido.
— O senhor quer dizer que fomos todos deveras estúpidos.
— Não — falou Poirot —, quero dizer especificamente eu. Tive a sorte de ter um caminho claro apresentado a mim e não o vi.
— Mas agora está atrás de algo?
— Acho que sim.
— Veja bem, Monsieur Poirot...

Mas Poirot havia desligado. Depois de procurar nos bolsos por outras moedas, telefonou para o número de Londres de Mrs. Oliver.

— Mas — disse ele, quando pediu para falar com ela — não a incomodem se ela estiver trabalhando.

Poirot se lembrava de como, certa vez, Mrs. Oliver o repreendera amargamente por interromper uma linha de pensamento criativo e de como o mundo, por consequência, fora privado de um intrigante mistério que tinha como foco um antiquado casaco de lã. A telefonista, no entanto, foi incapaz de apreciar seus escrúpulos.

— Bem — reclamou ela —, quer fazer a ligação ou não?

— Quero — disse Poirot, sacrificando o gênio criativo de Mrs. Oliver sobre o altar de sua própria impaciência.

Ficou aliviado quando Mrs. Oliver atendeu. Ela interrompeu suas desculpas.

— Foi ótimo o senhor ter me telefonado — falou ela. — Estava prestes a sair para uma palestra sobre como escrevo meus livros. Agora, posso pedir para minha secretária ligar para lá e dizer que infelizmente estou impossibilitada de ir.

— Mas, madame, não deve me deixar impedi-la...

— Não é caso de impedir — alegou Mrs. Oliver, alegre. — Eu teria feito papel de boba. Afinal, o que *posso* revelar sobre como escrevo meus livros? O que quero dizer é: primeiro, você pensa em algo e, depois, é preciso se forçar a se sentar e escrever. Só isso. Teria levado apenas três minutos para explicar tudo, e então a palestra teria terminado e todos ficariam muito insatisfeitos. Não sei por que as pessoas ficam tão interessadas por autores que *falam* sobre escrever. Acho que o trabalho de um autor é *escrever*, não *falar*.

— E, no entanto, quero lhe fazer uma pergunta sobre sua escrita.

— O senhor pode perguntar — disse Mrs. Oliver —, mas provavelmente não saberei responder. Quer dizer, a pessoa só se senta e escreve. Um instante, coloquei um chapéu terrivelmente bobo para a palestra... e *preciso* tirá-lo. Está fazendo minha testa coçar. — Houve uma pausa momentânea e então a voz de Mrs. Oliver retornou, aliviada: — Hoje em dia, os chapéus são apenas um símbolo, não? Quero dizer, eles não são mais usados pelas razões adequadas, como manter a cabeça quente, ou proteger do sol, ou esconder o rosto de pessoas que você não quer encontrar. Perdoe-me, Monsieur Poirot, o senhor disse alguma coisa?

— Foi apenas uma exclamação. É extraordinário — falou Poirot, com a voz maravilhada. — A senhora sempre me dá ideias. Assim como meu amigo Hastings, que não vejo há muitos e muitos anos. A senhora acabou de me dar a pista para outra parte do problema. Mas chega disso. Deixe-me fazer minha pergunta. A senhora conhece algum cientista nuclear, madame?

— Se conheço algum cientista nuclear? — disse Mrs. Oliver, com um tom surpreso. — Não sei. Suponho que *possa* conhecer. Quer dizer, conheço alguns professores e profissionais assim. Nunca entendi bem o que eles *fazem*, na verdade.

— E, no entanto, criou um cientista nuclear como um dos suspeitos em sua Caça ao Assassino?

— Ah, *isso*! Era só para ser atual. Quando fui comprar os presentes para meus sobrinhos no último Natal, só havia brinquedos de ficção científica, e da estratosfera, e supersônicos, então, quando comecei a Caça ao Assassino, pensei: "É melhor ter um cientista nuclear como principal suspeito e ser moderna". Afinal, se eu precisasse de algum jargão técnico, sempre poderia perguntar a Alec Legge.

— Alec Legge... o marido de Sally Legge? Ele é um cientista nuclear?

— Sim, é. Não em Harwell. Em algum lugar do País de Gales. Cardiff. Ou Bristol, talvez? Em Helm, eles só têm um chalé de férias. Então, sim, claro, eu *conheço* um cientista nuclear, afinal.

— E foi seu encontro com ele na Casa Nasse que provavelmente colocou a ideia do cientista nuclear em sua cabeça? Mas a esposa dele não é iugoslava.

— Ah, *não* — disse Mrs. Oliver. — Sally não poderia ser mais inglesa. Com certeza o senhor percebeu *isso*?

— Então, de onde tirou a ideia da esposa iugoslava?

— Realmente não sei... Refugiados, talvez? Estudantes? Todas aquelas moças estrangeiras no albergue invadindo o bosque e falando inglês mal.

— Compreendo... Sim, agora compreendo muitas coisas.

— Já era hora — falou Mrs. Oliver.

— *Pardon?*

— Disse que já era hora — repetiu ela. — Que compreendesse as coisas. Até agora, o senhor não parece ter feito *nada*. — Seu tom era de reprovação.

— Nem sempre é possível chegar a conclusões de imediato — defendeu-se Poirot. — A polícia estava completamente confusa.

— Ah, a polícia — falou Mrs. Oliver. — Agora, se uma mulher comandasse a Scotland Yard...

Ao identificar aquela frase bastante conhecida, Poirot se apressou a interrompê-la.

— O assunto era complexo — afirmou ele. — Extremamente complexo. Mas agora... digo em segredo... cheguei a uma conclusão!

Mrs. Oliver permaneceu indiferente.

— Muito bem — falou ela —, mas, enquanto isso, ocorreram dois assassinatos.

— Três — falou Poirot, corrigindo-a.

— Três assassinatos? Quem foi o terceiro?

— Um velho chamado Merdell — respondeu o detetive.

— Não ouvi falar desse — comentou Mrs. Oliver. — Saiu no jornal?

— Não — disse Poirot. — Até agora, ninguém suspeitava de que fosse algo além de um acidente.

— E não foi um acidente?

— Não — garantiu Poirot —, não foi um acidente.

— Bem, diga-me quem cometeu o assassinato... os assassinatos, na verdade... ou não pode falar ao telefone?

— Não é apropriado falar esse tipo de coisa ao telefone — afirmou o detetive.

— Então devo desligar. Não consigo suportar isso.

— Espere um instante, havia mais uma coisa que queria lhe perguntar. Ora, o que era?

— Sinal da idade — disse Mrs. Oliver. — Eu também faço isso. Esqueço coisas...

— Havia algo, um detalhe... que me preocupou. Eu estava na garagem náutica...

Ele relembrou. A pilha de revistas em quadrinhos. As frases de Marlene rabiscadas nas margens. "Albert sai com Doreen." Ele tinha a sensação de que havia algo faltando — de que havia algo que precisava perguntar a Mrs. Oliver.

— Ainda está aí, Monsieur Poirot? — perguntou Mrs. Oliver.

Ao mesmo tempo, o telefone exigiu mais dinheiro.

Ao completar essas formalidades, Poirot voltou a falar:

— Ainda está aí, madame?

— *Eu* estou aqui — respondeu Mrs. Oliver. — Não vamos desperdiçar mais dinheiro perguntando um ao outro se estamos aqui. Qual é sua pergunta?

— É algo muito importante. A senhora se lembra de sua Caça ao Assassino?

— Bem, é claro que sim. Praticamente só falamos sobre isso, não é?

— Cometi um erro grave — falou Poirot. — Nunca li as sinopses dos competidores. Na pressa de descobrir um assassino, não pareceu importar. Eu estava enganado. Importa, sim. A senhora é uma pessoa sensível, madame. É afetada pela atmosfera, pela personalidade das pessoas que conhece. E essas coisas são transportadas para seu trabalho. Não de forma reconhecível, mas são a inspiração da qual seu cérebro fértil extrai as criações.

— Isso é tudo muito bonito e floreado — comentou Mrs. Oliver. — Mas o que quer dizer exatamente?

— Que a senhora sempre soube mais sobre esse crime do que achava. Agora, a pergunta que quero lhe fazer... são duas perguntas, na verdade; mas a primeira é muito importante. Quando começou a planejar a Caça ao Assassino, a senhora queria que o corpo fosse encontrado na garagem náutica?

— Não, não queria.

— Onde queria que ele fosse descoberto?

— Naquela casinha de veraneio escondida entre os rododendros perto da casa principal. Achei que era o lugar perfeito. Mas então alguém, não sei quem exatamente, começou a insistir que o corpo deveria se encontrado na extravagância. Bem, aquela, é claro, era uma ideia *absurda*! Quer dizer, qualquer um poderia passar por ali e descobrir o corpo sem seguir uma única pista. As pessoas são tão idiotas. É claro que eu não poderia concordar com *aquilo*.

— Então, em vez disso, aceitou a garagem náutica?

— Sim, foi assim que aconteceu. Não havia nada contra a garagem náutica, embora eu ainda achasse que a casinha de veraneio teria sido melhor.

— Sim, esta foi a técnica que a senhora definiu naquele primeiro dia. Só há mais uma coisa. A senhora se lembra de me contar sobre uma última pista em uma das revistas em quadrinhos que foram deixadas lá para Marlene se distrair?

— Sim, é claro.

— Diga-me, era algo como... — Ele forçou a memória a rememorar o momento em que lera várias frases rascunhadas. — "Albert sai com Doreen; Georgie Porgie beija turistas no bosque; Peter aborda garotas no cinema?"

— Bom Deus, não — disse Mrs. Oliver, com a voz levemente chocada. — Não era nada tolo assim. Não, minha pista era

muito direta. — Ela baixou a voz e falou em tom misterioso:
— *Olhe na mochila da turista.*

— *Épatant!* — gritou Poirot. — *Épatant!* É claro, a revista em quadrinho com isso escrito *teria* sido levada. Poderia ter colocado ideias na cabeça de alguém!

— A mochila, é claro, estava no chão, perto do corpo, e...

— Ah, mas eu estou pensando em outra mochila.

— O senhor está me confundindo com todas essas mochilas — reclamou Mrs. Oliver. — Só havia uma em minha história de assassinato. Não quer saber o que havia nela?

— Não faço a mínima questão — falou Poirot. — Na verdade — acrescentou, educadamente —, ficaria encantado em ouvir, é claro, mas...

Mrs. Oliver começou a falar logo após o "mas".

— É muito inteligente, *eu* acho — disse ela com o orgulho da autoria na voz. — Veja bem, na mochila de Marlene, que deveria ser a mochila da esposa iugoslava, se entende o que quero dizer...

— Sim, sim — falou Poirot, preparando-se para se perder na neblina outra vez.

— Bem, lá dentro estava o frasco do remédio contendo o veneno com o qual o fidalgo da região envenenou a esposa. Veja, a iugoslava estava aqui para treinar para ser enfermeira, e estivera na casa quando o Coronel Blunt envenenou a primeira esposa pelo dinheiro. E ela, a enfermeira, pegara o frasco e o levara embora, e depois voltou para chantageá-lo. Isso, é claro, é o motivo de ele ter matado ela. Isso se encaixa, Monsieur Poirot?

— Se encaixa com o quê?

— Com as suas teorias — respondeu Mrs. Oliver.

— Nem um pouco — falou Poirot, mas logo acrescentou: — De qualquer forma, minhas felicitações, madame. Tenho certeza de que sua Caça ao Assassino foi tão genial que ninguém ganhou o prêmio.

— Mas alguém ganhou — disse Mrs. Oliver. — Bem tarde, mais ou menos às dezenove horas. Uma senhora muito obstinada que deveria ser um tanto gagá. Ela coletou todas as pistas e chegou à garagem náutica triunfante, mas é claro que a polícia estava lá. Então, ficou sabendo do assassinato, e imagino que tenha sido a última pessoa em toda a quermesse a ouvir sobre o assunto. De qualquer maneira, deram-lhe o prêmio. — Ela acrescentou com satisfação: — Aquele jovem horrível com as sardas que disse que eu bebia até dizer chega nunca foi além do jardim das camélias.

— Algum dia, madame — disse Poirot —, a senhora precisa me contar essa sua história.

— Na verdade — falou Mrs. Oliver —, estou pensando em transformá-la em um livro. Seria uma pena desperdiçá-la.

E deve ser mencionado aqui que, três anos depois, Hercule Poirot leu *A mulher no bosque*, por Ariadne Oliver, e se perguntou, durante a leitura, por que alguns personagens e incidentes lhe pareciam tão familiares.

Capítulo 18

O sol estava se pondo quando Poirot chegou ao que era chamado oficialmente de Chalé do Moinho, mais conhecido como Chalé Rosado, perto do riacho dos Lawder. Ele bateu à porta, que foi escancarada com tanta rapidez que o detetive recuou. O rapaz de aparência nervosa sob o batente o encarou por um momento sem reconhecê-lo. Então, deu uma risada curta.

— Olá — disse ele. — É o detetive. Entre, Monsieur Poirot. Estou fazendo as malas.

Poirot aceitou o convite e entrou no chalé. O lugar tinha uma mobília básica e de péssima qualidade. Naquele momento, os objetos pessoais de Alec Legge ocupavam uma parte desproporcional da sala. Livros, documentos e peças de roupa estavam todos espalhados, com uma valise aberta no chão.

— O último término do *ménage* — disse Alec Legge. — Sally se foi. Imagino que saiba disso.

— Não, não sabia.

Alec Legge deu outra risada curta.

— Fico feliz por ter algo que o senhor não saiba. Sim, ela se cansou da vida matrimonial. Vai passar a viver com aquele arquiteto almofadinha.

— Fico triste em ouvir isso — falou Poirot.

— Não vejo por que o senhor ficaria triste.

— Fico triste — disse Poirot, retirando dois livros e uma camisa para poder se sentar no canto do sofá —, porque não acho que ela será tão feliz com ele quanto foi com o senhor.

— Ela não foi particularmente feliz comigo nesses últimos seis meses.

— Seis meses não são uma vida inteira — argumentou Poirot —, é um espaço muito curto de tempo do que pode ser um casamento longo e alegre.

— Está falando feito um vigário.

— É possível. Mas posso dizer, Mr. Legge, que, se sua esposa não foi feliz com o senhor, provavelmente é mais culpa sua do que dela.

— Ela com certeza pensa assim. Tudo é culpa minha, suponho.

— Não tudo, mas algumas coisas.

— Ah, pode me culpar por tudo. Eu poderia muito bem me afogar nesse maldito rio e acabar com tudo.

Poirot olhou para ele, pensativo.

— Fico feliz em observar — comentou — que agora o senhor está mais incomodado com os próprios problemas do que com os do mundo.

— O mundo que se dane — disse Mr. Legge. Ele acrescentou, com amargura: — Acho que fiz papel de bobo durante todo esse tempo.

— Sim — concordou Poirot. — Eu diria que o senhor foi mais desafortunado do que repreensível em sua conduta.

Alec Legge o encarou.

— Quem o contratou para me investigar? — perguntou ele. — Foi Sally?

— Por que o senhor acharia isso?

— Bem, nada aconteceu oficialmente. Então, minha conclusão é a de que o senhor deve ter vindo aqui em um caso particular.

— Está enganado — respondeu Poirot. — Eu não o investiguei em momento algum. Quando vim para cá, não fazia ideia de que o senhor existia.

— Então como sabe se fui desafortunado, ou fiz papel de bobo, ou o quê?

— Através do resultado de observação e reflexão — disse Poirot. — Posso fazer uma suposição e o senhor me dirá se estou certo?

— Faça quantas suposições quiser — falou Alec Legge. — Mas não espere que eu entre em seu joguinho.

— Acho — comentou Poirot — que há alguns anos, o senhor tinha interesse e simpatia por um certo partido político. Como muitos outros jovens de inclinação científica. Em sua profissão, essa simpatia e tendência são naturalmente encaradas com suspeita. Não acredito que o senhor se comprometeu de forma séria, mas *acho* que alguma pressão foi feita para que consolidasse sua posição de uma forma que não queria fazê-lo. O senhor tentou se retirar e encontrou uma ameaça. Teve um encontro com alguém. Duvido que saberei o nome do jovem. Para mim, ele sempre será *o rapaz com a camisa de tartarugas*.

Alec Legge explodiu em gargalhadas.

— Suponho que a camisa tenha sido uma piada. Não estava achando muitas coisas engraçadas naquela época.

Hercule Poirot continuou:

— Preocupando-se com o destino do mundo e também com a própria situação, o senhor se tornou, se me permite dizer, um homem com o qual qualquer mulher acharia quase impossível viver feliz. O senhor não desabafava com sua esposa. Isso foi infeliz de sua parte, pois eu diria que era uma mulher leal, e, se tivesse percebido o quanto o senhor estava infeliz e desesperado, teria permanecido a seu lado de todo o coração. Em vez disso, ela simplesmente passou a compará-lo, de forma negativa, com seu antigo amigo Michael Weyman. — Ele se levantou. — Devo aconselhá-lo, Mr. Legge, a terminar de fazer as malas assim que possível, seguir sua esposa até Londres, pedir o perdão dela e confessar tudo o que tem sentido.

— Então, este é seu conselho — falou Alec Legge. — Mas o que raios o senhor tem a ver com isso?

— Nada — respondeu Hercule Poirot, indo em direção à porta. — Mas estou sempre certo.

Houve um instante de silêncio. Então Alec Legge explodiu em uma gargalhada intensa.

— Sabe — disse ele —, acho que vou aceitar seu conselho. O divórcio é caro demais. E, de qualquer forma, se você conseguiu a mulher que deseja e não consegue ficar com ela, é um pouco humilhante, não acha? Irei até o apartamento dela em Chelsea, e, se encontrar Michael lá, vou agarrá-lo pela gravata de amor-perfeito tricotada à mão que usa até esganá-lo. Eu gostaria disso. Sim, gostaria bastante.

Seu rosto se iluminou de súbito com um sorriso deveras atraente.

— Peço desculpas por meu temperamento — disse ele — e agradeço muito.

Ele deu tapinhas no ombro de Poirot. Com a força do golpe, o belga cambaleou e quase caiu.

A amizade de Mr. Legge era com certeza mais dolorosa do que sua inimizade.

— E agora — falou Poirot, deixando o Chalé do Moinho sob pés doloridos e olhando para o céu que escurecia —, para onde vou?

Capítulo 19

O chefe de polícia e o Inspetor Bland olharam com aguçada curiosidade quando Hercule Poirot foi trazido à sala. O chefe de polícia não estava com o melhor dos humores. Apenas a persistência sossegada de Bland o fizera cancelar os planos para o jantar daquela noite.

— Eu sei, Bland, eu sei — disse ele, irritado. — Ele pode ter sido um feiticeirozinho belga em sua época... mas, com certeza, homem, esses dias acabaram. Que idade ele tem?

Com tato, Bland evitou responder à pergunta, até porque, em todo caso, ele não sabia. O próprio Poirot era sempre reticente ao falar sobre sua idade.

— A questão, senhor, é que ele estava *lá*... no local do crime. E não estamos chegando a lugar algum. Estamos em um beco sem saída.

O chefe de polícia bufou, irritado.

— Eu sei, eu sei. Isso me faz começar a acreditar no maníaco homicida de Mrs. Masterton. Eu até usaria cães farejadores, se houvesse algum lugar em que usá-los.

— Cães não podem seguir um odor sobre a água.

— Sim. Sei o que você sempre pensou, Bland. E estou inclinado a concordar. Mas não há motivo algum, você sabe. Nem um pingo de motivo.

— O motivo pode estar nas ilhas.

— Você quer dizer que Hattie Stubbs sabia de algo sobre De Sousa lá? Suponho que seja razoavelmente possível, dada a mentalidade da moça. Ela era simplória, todos concordam com isso. Poderia deixar escapar o que sabia a qualquer um e a qualquer hora. É assim que vê?

— Algo parecido.

— Nesse caso, ele esperou muito tempo para cruzar o mar e tomar alguma providência.

— Bem, senhor, é possível que De Sousa não soubesse o que exatamente tinha acontecido com a prima. Ele mesmo diz que viu uma matéria em alguma coluna social sobre a Casa Nasse e sua bela *châtelaine*. Coisa que sempre pensei ser — comentou Bland — algo prateado com correntes e bugigangas dependuras que as avós das pessoas prendiam na cintura... o que é uma boa ideia. Todas essas mulheres tolas não precisariam deixar suas bolsas por aí. Aparentemente, no entanto, *châtelaine* significa "senhora da casa" no jargão feminino. Como falei, talvez a história dele fosse verdadeira, e De Sousa *não soubesse* onde ela estava nem com quem havia se casado até então.

— Mas, assim que soube, veio o mais rápido possível em um iate para assassiná-la? É improvável, Bland, muito improvável.

— Mas é *possível*, senhor.

— E o que raios essa mulher poderia saber?

— Lembre-se do que ela disse ao marido. "*Ele mata pessoas.*"

— Um assassinato relembrado? Da época em que tinha cerca de 15 anos? E, presumivelmente, só há a palavra dela quanto a isso? Com certeza, ele teria conseguido se convencer de que o assunto não era importante, não?

— Não sabemos dos fatos — falou Bland, teimoso. — O senhor mesmo sabe que, uma vez que alguém sabe *quem* fez algo, a pessoa pode procurar por evidências *e* encontrá-las.

— Hum. Fizemos algumas perguntas sobre De Sousa... discretamente... usando os meios de sempre... e não chegamos a lugar algum.

— E é por isso, senhor, que este belga engraçado pode ter descoberto algo. Ele estava na casa... esta é a questão central. Lady Stubbs falou com ele. Algumas das coisas aleatórias ditas por ela podem ter se juntado em sua mente e feito sentido. Independentemente disso, ele passou boa parte do dia em Nassecombe.

— E ligou para você para perguntar que tipo de iate Etienne de Sousa tinha?

— Quando telefonou pela primeira vez, sim. Na segunda vez, foi para me pedir para providenciar esse encontro.

— Bom — o chefe de polícia verificou o relógio de pulso —, se ele não aparecer em cinco minutos...

Mas foi nesse exato momento que Hercule Poirot foi levado até a sala.

Sua aparência não estava imaculada como de costume. O bigode estava caído, afetado pelo ar úmido de Devon, os sapatos de couro envernizado estavam com uma camada grossa de lama, ele mancava, e o cabelo estava despenteado.

— Bem, aqui está o senhor, Monsieur Poirot. — O chefe de polícia e ele trocaram um aperto de mãos. — Estamos todos ansiosos, ávidos para ouvir o que tem para nos contar.

Aquelas palavras eram levemente irônicas, mas Hercule Poirot, por mais que estivesse desanimado do ponto de vista físico, não estava com humor para ser desanimado do ponto de vista mental.

— Não posso imaginar — disse ele — como não consegui ver a verdade antes.

O chefe de polícia recebeu aquilo de forma um tanto fria.

— Devemos entender que o senhor encontrou a verdade?

— Sim, há detalhes... mas as linhas gerais estão claras.

— Queremos mais do que linhas gerais — falou o chefe de polícia, seco. — Queremos provas. O senhor tem alguma prova, Monsieur Poirot?

— Posso lhe dizer onde encontrar as provas.

— Por exemplo? — perguntou o Inspetor Bland.

Poirot se virou para ele e lhe fez uma pergunta:
— Suponho que Etienne de Sousa tenha deixado o país, não?
— Duas semanas atrás. — E acrescentou amargamente: — Não será fácil trazê-lo de volta.
— Ele pode ser persuadido.
— Persuadido? Não há provas suficientes para conseguir uma ordem de extradição, então?
— Não é questão de uma ordem de extradição. Se os fatos lhe forem apresentados...
— Mas quais *fatos*, Monsieur Poirot? — perguntou o chefe de polícia, irritado. — Que fatos são *esses* de que fala de forma tão leviana?
— O fato de que Etienne de Sousa veio para cá em um iate de luxo, mostrando que vinha de família rica; o fato de que o velho Merdell era avô de Marlene Tucker, coisa que eu não sabia até hoje; o fato de que Lady Stubbs gostava de usar chapéus chineses; o fato de que Mrs. Oliver, apesar de uma imaginação desenfreada e pouco confiável, é, algo que ela nem mesmo percebe ser, uma julgadora de caráter deveras perspicaz; o fato de que Marlene Tucker tinha batons e frascos de perfume escondidos na parte de trás de sua cômoda; o fato de que Miss Brewis falou que foi Lady Stubbs quem pediu a ela para levar a bandeja para Marlene na garagem náutica.
— Fatos? — O chefe de polícia o encarou. — O senhor chama isso de fatos? Não há nada de novo aí.
— O senhor prefere provas... provas definitivas... como o... cadáver de Lady Stubbs?
Agora foi a vez de Bland encará-lo.
— O senhor encontrou o cadáver de Lady Stubbs?
— Não o encontrei, exatamente... *mas sei onde está escondido*. O senhor deve ir até lá, e quando encontrá-lo, aí, sim... aí, *sim*, terá provas... todas as provas de que precisa. Pois apenas uma pessoa poderia ter escondido o corpo lá.
— E quem foi?

Hercule Poirot sorriu, o sorriso satisfeito de um gato que lambeu um pires de leite.

— Aquele que quase sempre é o culpado — disse ele, baixinho. — O *marido*. Sir George Stubbs matou a esposa.

— Mas isso é impossível, Monsieur Poirot. *Sabemos* que é impossível.

— Ah, não — falou Poirot —, não é nem um pouco impossível. Escutem o que direi a vocês.

Capítulo 20

Hercule Poirot parou por um instante no grande portão de ferro fundido. Olhou adiante, para o caminho que fazia uma curva. As últimas folhas douradas e marrons caíam das árvores. Não havia mais cíclames.

Poirot suspirou. Ele se virou e bateu gentilmente à porta da edícula com pilares brancos.

Após alguns instantes, ouviu passos lá dentro, passos lentos e hesitantes. A porta foi aberta por Mrs. Folliat. Dessa vez, Poirot não ficou surpreso ao ver como a senhora parecia velha e frágil.

— Monsieur Poirot? O senhor de novo? — disse ela.

— Posso entrar?

— É claro.

Ele a seguiu para dentro.

Ela lhe ofereceu chá, que Poirot recusou. Então, Mrs. Folliat perguntou em voz baixa:

— Por que veio?

— Acho que a senhora consegue adivinhar, madame. — Foi a resposta enigmática que deu.

— Estou muito cansada — disse ela.

— Eu sei. — Ele prosseguiu: — Agora, três mortes aconteceram: Hattie Stubbs, Marlene Tucker e o velho Merdell.

Ela falou bruscamente:

— Merdell? Aquilo foi um acidente. Ele caiu do cais. Era um homem velho, meio cego, e estava bebendo no pub.
— Não foi um acidente. Merdell sabia demais.
— Do que ele sabia?
— Ele reconheceu um rosto, ou uma maneira de andar, ou uma voz... algo assim. Conversei com ele no dia em que vim aqui pela primeira vez. Ele me falou tudo sobre a família Folliat... sobre seu sogro e seu marido, e seus filhos que foram mortos na guerra. Mas... os *dois* não foram mortos, foram? Seu filho Henry afundou com o navio, mas seu segundo filho, James, não foi morto. Ele desertou. Talvez, a princípio, tenha sido relatado que estava *desaparecido, possivelmente morto*, mas depois a senhora contou a todos que ele *tinha* morrido. Não era da conta de ninguém desacreditar essa informação. Por que alguém faria isso?

Poirot pausou por um instante e continuou:
— Não pense que não sou simpático à senhora, madame. Sua vida foi muito dura, eu sei. Pode não ter tido ilusão alguma sobre seu filho mais novo, mas ele *era* seu filho, e a senhora o amava. Fez todo o possível para lhe dar uma nova vida. Era responsável por uma jovem, uma moça simplória, mas muito rica. Ah, sim, ela era rica. A senhora falou que seus pais tinham perdido todo o dinheiro, que ela era pobre, e que a aconselhou a se casar com um homem rico bem mais velho do que ela. Por que não acreditariam em sua história? Mais uma vez, não era da conta de ninguém. Os pais e parentes próximos dela haviam morrido. Uma firma francesa de advogados em Paris agiu de acordo com advogados em San Miguel. Ao se casar, assumiria o controle da própria fortuna. Ela era, como a senhora me disse, dócil, afetuosa, sugestionável. Tudo que o marido pedia para ela assinar, ela assinava. Investimentos provavelmente mudaram de mãos e foram revendidos muitas vezes, mas, no final, o resultado financeiro desejado foi alcançado. Sir George Stubbs, a nova personalidade assumida por seu filho, se tornou um

homem rico, e a esposa ficou sem um tostão. Não é crime se autointitular "sir" a não ser que seja feito para obter dinheiro sob falsos pretextos. Um título como esse gera confiança... sugere, se não berço de ouro, riquezas. Então, o rico Sir George Stubbs, mais velho e com a aparência mudada, tendo deixado crescer uma barba, comprou a Casa Nasse e veio morar no lugar a que pertencia, embora não pisasse no local desde que era menino. Após a devastação da guerra, não havia sobrado alguém que possivelmente o reconheceria. Mas o velho Merdell o reconheceu. Não contou para ninguém o que sabia, mas, quando disse para mim, de forma sorrateira, que *sempre vai haver Folliat em Nasse*, era uma piada particular dele. Então, tudo tinha acabado bem, ou a senhora assim pensou. Seu plano, eu acredito piamente, acabava ali. Seu filho estava rico, era dono de sua casa ancestral e, apesar de ter uma esposa simplória, era uma moça bela e dócil, e a senhora esperava que ele fosse gentil com ela, de forma que a mulher seria feliz.

Mrs. Folliat falou com a voz baixa:

— Foi assim que pensei que seria... Eu tomaria conta de Hattie e cuidaria dela. Nunca sonhei...

— A senhora nunca sonhou... e seu filho não lhe contou que, na época do casamento, *ele já era casado*. Ah, sim... procuramos os registros do que sabíamos que deveria existir. Seu filho se casou com uma moça em Trieste, uma integrante do submundo criminoso com quem se escondeu após a deserção. Ela não tinha intenção de se separar dele, nem ele tinha qualquer intenção de se separar dela. Ele aceitou o casamento com Hattie como forma de enriquecer, mas, em sua mente, sabia desde o início o que pretendia fazer.

— Não, não! Não acredito nisso! Não posso acreditar... Foi aquela mulher... aquela criatura cruel.

Poirot prosseguiu, implacável:

— Ele pretendia cometer um *assassinato*. Hattie não tinha família nem amigos. Após o retorno à Inglaterra, ele a trouxe para cá. Os serviçais mal a viram naquela primeira noite, *e a mulher que viram na manhã seguinte não era Hattie*, mas sua esposa italiana vestida como Hattie e se comportando da forma mais parecida possível com Hattie. E mais uma vez, tudo poderia ter acabado ali. A Hattie falsa teria vivido sua vida como a Hattie verdadeira, embora sem dúvida seus poderes mentais seriam aprimorados de forma inesperada devido a algo vagamente chamado de "novo tratamento". A secretária, Miss Brewis, já tinha percebido que não havia muita coisa errada com os processos mentais de Lady Stubbs. Mas então, algo completamente inesperado aconteceu. Um primo de Hattie escreveu, dizendo que estava vindo para a Inglaterra de iate, e, embora esse primo não a visse há muitos anos, ele provavelmente não seria enganado por uma impostora.

Poirot fez uma pausa.

— É estranho que, embora eu tenha pensado que De Sousa poderia não ser De Sousa, nunca me ocorreu que a verdade estava no lado contrário: que Hattie não era Hattie.

Ele prosseguiu:

— Poderia haver muitas formas diferentes de remediar a situação. Lady Stubbs poderia ter evitado um encontro alegando estar doente, mas se De Sousa permanecesse por muito tempo na Inglaterra, ela muito dificilmente poderia continuar evitando encontrá-lo. E já havia outra complicação. O velho Merdell, cada vez mais tagarela com a idade, conversava com a neta. A menina provavelmente era a única pessoa que lhe dava ouvidos, e até mesmo ela descartava a maioria das coisas que ele falava, porque o considerava "doido". Ainda assim, algumas das coisas que ele dissera sobre "o cadáver de uma mulher no bosque" e "Sir George ser, na verdade, Mr. James" causaram uma impressão profunda o suficiente nela para insinuá-las de forma tímida para Sir George. Ao fazer isso, é claro, a menina assinou a própria sentença de morte. Sir George e a esposa não podiam correr o risco de histórias assim se espalharem. Imagino que ele tenha dado pequenos subornos a ela e prosseguido com seus planos.

"Os dois criaram o esquema com muito cuidado. Já sabiam a data em que De Sousa vinha para Helmmouth. Coincidia com a data marcada para a quermesse. Fizeram seu plano de forma que Marlene deveria ser morta e Lady Stubbs 'desaparecesse' sob condições que jogavam uma vaga suspeita sobre De Sousa. Daí vieram as referências de ele ser um 'homem cruel' e a acusação: 'Ele mata pessoas'. Lady Stubbs deveria desaparecer de maneira permanente, e talvez um cadáver convenientemente irreconhecível poderia ser identificado depois por Sir George, e uma nova personalidade tomaria seu lugar. Na verdade, 'Hattie' voltaria à própria personalidade italiana. Bastava fazer um papel duplo em um período de pouco mais de vinte e quatro horas. Com a cumplicidade de Sir George, era fácil. No dia que cheguei, 'Lady Stubbs' deveria ter permanecido no quarto até pouco antes da hora do chá. Ninguém a viu com exceção de Sir George. Na verdade, ela escapou, pegou um ônibus ou trem para Exeter, e viajou de Exeter na companhia de outra moça, uma estudante... muitos fazem essa viagem diariamente nesta época do ano... para quem contou a história da amiga que comera torta de presunto e vitela estragadas. Ela chega ao albergue, reserva uma cama, e sai para 'explorar'. Na *hora do chá*, Lady Stubbs está na sala de estar. Após o jantar, Lady Stubbs vai para a cama cedo... mas Miss Brewis a vê escapando da casa pouco tempo depois. Ela passa a noite no albergue, mas sai cedo, e volta para Nasse como Lady Stubbs para o café da manhã. Mais uma vez, passa a manhã no quarto com uma 'dor de cabeça', e consegue até fazer uma aparição como uma 'invasora' expulsa por Sir George da janela do quarto da esposa, onde ele finge se virar e falar com a mulher dentro do quarto. As mudanças de roupa não são difíceis... um short e uma camisa aberta sob um dos elaborados vestidos que Lady Stubbs gostava de usar. Maquiagem pesada e branca com um grande chapéu chinês para sombrear o rosto para a esposa; um lenço chamativo, pele queimada e cachos vermelhos feito bronze para a garota italiana. Ninguém poderia sonhar que eram a mesma mulher.

"E assim, a peça final foi encenada. Pouco antes das dezesseis horas, Lady Stubbs pediu para Miss Brewis levar o chá para Marlene. Isso porque ela tinha medo de que a ideia pudesse ocorrer a Miss Brewis de forma independente, e seria fatal se Miss Brewis aparecesse no momento errado. Talvez ela também tenha sentido um prazer malicioso ao fazer com que Miss Brewis estivesse na cena do crime quase no momento em que ele foi cometido. Então, escolhendo o instante certo, ela entrou na tenda da leitura da sorte vazia, saiu pela parte de trás e foi para a casa de veraneio nos arbustos, onde manteve a mochila com uma muda de roupas. Escapou pelo bosque, pediu a Marlene para entrar na garagem náutica e estrangulou a menina que não suspeitava de nada lá. Jogou o grande chapéu chinês no rio e então mudou para as roupas e a maquiagem de turista, guardando o vestido rosa e os sapatos de salto alto na mochila... e então uma estudante italiana do albergue se juntou à sua amiga holandesa entre as atrações do gramado, e foi embora ao pegar o ônibus local conforme o planejado. Onde ela está agora, não sei. Suspeito de que no Soho, onde indubitavelmente tem afiliações da própria nacionalidade que podem providenciar os documentos necessários. De qualquer forma, a polícia não está procurando por uma garota italiana, mas por Hattie Stubbs, simplória, sugestionável, estrangeira.

"Mas a pobre Hattie Stubbs está morta, como sabe muito bem, madame. A senhora revelou isso para mim quando nos falamos na sala no dia da quermesse. A morte de Marlene foi um choque para a senhora... não fazia a menor ideia do que havia sido planejado; mas revelou, de forma muito clara, embora eu tenha sido estúpido o bastante por não ter visto naquela hora, que, quando falava de 'Hattie', estava falando de *duas pessoas diferentes*: uma era uma mulher que você desgostava e que estaria 'melhor morta', e a quem me aconselhou a 'não acreditar em uma só palavra que dissesse'... a outra, uma garota de quem falava no passado e a quem defendia com afeição gentil. Penso, madame, que a senhora gostava muito da pobre Hattie Stubbs..."

Houve uma longa pausa.

Mrs. Folliat estava sentada imóvel na poltrona. Por fim, se levantou e falou, a voz fria como gelo:

— Essa sua história é um tanto fantástica, Monsieur Poirot. Penso que o senhor enlouqueceu... Tudo isso está em sua cabeça, o senhor não tem prova alguma.

Poirot foi até uma das janelas e a abriu.

— Escute, madame. O que está ouvindo?

— Sou um pouco surda... O que deveria ouvir?

— *Os golpes de uma picareta*... Estão quebrando a fundação de concreto da extravagância... Que ótimo lugar para enterrar um corpo... onde uma árvore havia caído e a terra já estava remexida. Um pouco depois, para tudo ficar mais seguro, concreto no chão sob o qual o corpo estava enterrado, e, acima do concreto, erigir uma extravagância... — Ele acrescentou gentilmente: — A extravagância de Sir George... A extravagância do dono da Casa Nasse.

Um longo e trêmulo suspiro escapou de Mrs. Folliat.

— Um lugar tão bonito — falou Poirot. — Com apenas uma coisa maléfica... O homem a quem pertence...

— Eu sei. — As palavras dela vieram roucas. — Sempre soube... Até mesmo quando criança, ele me assustava... Cruel... Sem misericórdia... E sem consciência... Mas ele era meu filho, e eu o amava... Devia ter falado após a morte de Hattie... Mas ele era meu filho. Como poderia ser *eu* a pessoa a denunciá-lo? E assim, por causa de meu silêncio... aquela pobre criança morreu... E, depois dela, o velho e querido Merdell... Onde isso terminaria?

— Quando se trata um assassino, nunca tem fim — disse Poirot.

Ela abaixou a cabeça. Por um ou dois segundos, ficou assim, as mãos cobrindo os olhos.

Então, Mrs. Folliat da Casa Nasse, filha de uma longa linhagem de homens corajosos, se aprumou. Olhou diretamente para Poirot, e sua voz soou formal e distante:

— Agradeço, Monsieur Poirot — falou ela —, por ter vindo aqui me contar tudo isso pessoalmente. Pode se retirar agora? Há certas coisas que uma pessoa deve enfrentar sozinha...

Notas sobre A extravagância do morto

Publicado na Inglaterra em novembro de 1956, *A extravagância do morto* é o quinquagésimo terceiro livro publicado de Agatha Christie e o trigésimo protagonizado por Hercule Poirot. Como o neto da própria autora diz na introdução, o livro se passa em uma casa que tinha muitas similaridades com a casa de veraneio da autora.

Ariadne Oliver, personagem presente neste livro, é uma figura recorrente nos suspenses de Christie. Apresentando diversas semelhanças com a Rainha do Crime (incluindo sua predileção por maçãs, como apontado por Poirot na página 19), acredita-se que ela é um possível alter ego da autora.

A Associação de Albergues da Juventude, citada ao longo do livro, é uma instituição de caridade ativa até hoje na Inglaterra e no País de Gales, cujo objetivo é oferecer acomodações gratuitas e seguras para jovens.

Plymouth, mencionada pela turista dos Países Baixos na página 18, é uma importante cidade portuária localizada em Devon, no sudoeste da Inglaterra, mesmo local onde fica a Casa Nasse. Base da Marinha Real Britânica, as origens de Plymouth remetem à Idade do Bronze. De lá zarpou o famoso *Mayflower* com os peregrinos que fundariam a primeira colônia inglesa no Novo Mundo.

Kew, citado por Mrs. Oliver na página 24, é um distrito da Grande Londres, onde está localizado o Jardim Botânico Real, também conhecido como Kew Gardens.

Os Domínios, mencionados na página 31, são nações autônomas do Império Britânico. Em 1926, durante a Conferência Imperial, o Canadá, a Austrália, a Nova Zelândia, a Terra Nova, a África do Sul e o Estado Livre Irlandês ganharam "status" de Domínios. Mais tarde, a Índia, o Paquistão e o Ceilão (atual Sri Lanka) também passaram a ser considerados Domínios. O termo acabou caindo em desuso após a Segunda Guerra Mundial e a criação da Comunidade das Nações (ou Commonwealth).

Ao longo do livro, é citada uma barraca de derrubar cocos como uma das principais atrações da quermesse. Conhecida popularmente na Inglaterra como *coconut shy*, é um jogo tradicional britânico que tem origem no século XIX, cujo objetivo é lançar bolas para derrubar os cocos equilibrados em estacas.

Na página 33, é citado por Sir George o *clock golf*, um popular jogo de jardim na Inglaterra do século XIX. Em teoria, foi inventado pela empresa Jaques of London — que até hoje produz equipamentos para o jogo. Consiste em dar uma tacada em uma bola de golfe de cada um dos doze pontos numerados dispostos em um círculo, como em um relógio, até acertar um único buraco colocado dentro do círculo.

A citação que surgiu na mente de Poirot na página 35 é de Mateus 6:28: "Por que vocês se preocupam com roupas? Vejam como crescem os lírios do campo. Eles não trabalham nem fiam".

Ascot, mencionada pela primeira vez na página 37 por Lady Stubbs, é uma famosa pista de corridas de cavalo localizada na cidade de Ascot e pertencente à família real britânica. Durante a Copa Ouro da Concacaf, também conhecida como Gold Cup, a pista tem um código de vestimenta muito restrito e exclusivo, com homens usando cartola e mulheres vestido diurno e chapéu.

Lord George Sanger, mencionado por Mrs. Masterton na página 65, foi um famoso *showman* e proprietário de circo inglês. A ironia da fala de Mrs. Masterton é que George Sanger nunca foi um lorde, apenas se apropriou do título.

Skittles é um popular jogo na Inglaterra que consiste em uma variedade de boliche para ser jogado na relva e a céu aberto. As regras variam bastante de um lugar para outro, mas o objetivo do jogo pode ser derrubar os nove pinos (ou *skittles*) de uma vez ou derrubar pinos específicos.

Kewpies, mencionadas na página 73, eram bonecas inspiradas nas tiras de jornal da cartunista Rose O'Neill. Em formatos de cupidos bebês e feitas de *biscuit*, essas bonecas logo se tornaram populares entre as crianças no início do século XX.

Na página 77, é citada Mrs. Siddons, uma atriz galesa do século XVIII. Talvez uma das primeiras celebridades culturais, Sarah Siddons ganhou renome por sua interpretação de Lady Macbeth na famosa peça de Shakespeare. Além disso, posou para diversos artistas, tanto para quadros quanto para estátuas.

Na página 78, "Quando mulheres encantadoras se rendem à extravagância" é o primeiro verso do poema "When Lovely Woman Stoops to Folly", de Oliver Goldsmith.

William Turner, citado na página 142, foi um pintor inglês, considerado por alguns um dos precursores do modernismo.

Ficou famoso sobretudo por suas pinturas exibindo navios e céus de cores deslumbrantes.

Chelsea, mencionado pela primeira vez na página 143 por Miss Brewis, é um bairro chique de Londres, que já foi o reduto boêmio da cidade, abrigando artistas, pintores e poetas.

Os buracos de padre, mencionados pelo Inspetor Bland na página 173, eram esconderijos para padres que foram construídos durante o período de perseguição aos católicos na Inglaterra, logo após a chegada de Elizabeth I ao poder, em 1558.